雪融けの夜

八丁堀育ち 3

風野真知雄

朝日文庫

本書は書き下ろしです。

目次

雪融けの夜　八丁堀育ち3

第一章　ただの酒

一

見覚えのある同心《どうしん》が摺《す》り足で迫って来た。

竹刀《しない》ではない。闇の中でもぎらつくような切っ先。光のような真剣。

伊岡夏之助《いおかなつのすけ》の胸から喉元へ、吐き気のように恐怖がこみ上げてきた。

背中で柳瀬早苗《やなせさなえ》を押すように、夏之助も下がった。

「いったん岩の陰に逃げろ」

ここは青洲屋《せいしゅうや》の女あるじ、おちさの家の庭である。八丁堀《はっちょうぼり》の与力《よりき》の家はほぼ三百坪と決まっているが、それよりも広い。ほうぼうに巨石が置かれ、木立がまだら模様に植えられてある。月明かりの下、庭は墨絵のような美しさで広がっていた。

「うん」

早苗がうなずき、岩陰に飛び込んだ。

夏之助はそれを目の隅で見ながら横に動き、木立のあいだに入った。

「とぁーっ」

最初の剣が来た。

木に隠れるように身体《からだ》をずらした。

同心の剣はその木を真っ二つに斬って、夏之助を襲った。

「うおっ」

いくら豪剣とはいえ、木の幹を斬れば勢いは殺《そ》がれる。それでどうにかかわした。

すぐに別の木陰に入った。

同心が何度か瞬《まばた》きをした。さらに目をこすった。

——夜目が利《き》かないのだ。

母がよく愚痴をこぼす。歳《とし》取ったら、夜目が利かなくなって、と。いいぞ、あいつもいっしょだ。そう言い聞かせた。

暗いほうに行くのだ。植栽がいくつかこんもりとなっている。そっちのほうへ、同心の足の動きを見ながら動いた。

「小僧、無駄だぞ。逃げても無駄だ」

そう言って、刀を何度か振った。サツキの植栽がバラバラになって飛んだ。

夏之助は植栽を回り込むように動いた。

「こっちだ。ばあか」

悪たれをついてやった。

それから次の植栽の裏に飛んだ。

すばやく動くこと。めまぐるしいくらいに動くこと。それこそが、道場で自分よりはるかに腕の立つ連中と戦ううちに身につけた戦術だった。

「おりゃっ、おりゃっ」

連続して斬りかかってくる。八双《はっそう》から。つづいて下段から。凄《すさ》まじい豪剣である。

夏之助は刀を抜いているが、合わせない。はじかれ、叩き落とされるのが関の山である。

次は松の木の陰に入った。

これは幹も太く、さすがに断ち切るのは無理だろう。

「こねずみのようだな」

同心は憎々しげに言った。

苛立《いらだ》っているのを感じた。それは道場でもおなじみのものだった。

強い者が弱い者へ感じる苛立ち。追う者が逃げる者へ感じる苛立ち。つねづね馬鹿にしている者が、予想どおりにならないのが腹立たしいのだ。

「ちゃっ」

真《ま》っ直《す》ぐの剣が来た。掛け声まで夏之助を舐《な》めきっているように感じる。

「ちゃっ」

また来た。

突いてこようとしている。

――まずい。

大きく振り回してくれるほうが逃げやすい。突いてこられると、木の幹を利用しにくい。

「なんで、おいらたちを殺したいんだ？」

夏之助は声をかけた。

「……」

返事はない。だが、間違いなく気は散っているのだ。

道場でもそうだった。追いつめてくる相手に、面越しに声をかける。相手はついそれを聞こうとして、攻撃が緩む。「そういうことをするから、あいつらはお前との立ち合いでなおさらむきになるんじゃないのか？」――田島松太郎《たじまま つたろう》はそう言った。

そうではない。ほんとはもっと強く打ちのめしたい。それができないから苛立つのだ。自分を強いと思っているやつは、弱い者に残酷なのだ。

「わかってるぞ。木戸《きど》家のかどわかしは、あんたがやったんだ」

「……」

無言で突きがきた。だが、動きはさっきより鈍い。

「鉄砲洲《てっぽうず》に上がった芸者の死体もあんたがやったんだ。おいらは知ってるぞ。ぜんぶ与力の柳瀬さまにしゃべってやったからな。お前なんか、なにやったって、もうおしまいなんだ」

言いながら、夏之助は焦《じ》れた。

――早苗、いまだ、早く逃げろ！

「小僧……よくもそこまで」

同心が刀を持ち替え、小刀も抜こうとしていた。投げつけてくる気なのか。

――これまでかよ。

夏之助は半ば観念した。

そのとき、早苗が走るのが見えた。裏門の木戸に辿《たど》りつき、閂《かんぬき》を開けた。

かつん。

という音が小気味よく響いた。

「あやつ！」

同心が早苗を追おうとして、背中を向けたとき、

「たぁっ」

夏之助は突いて出た。

「うっ」

同心が呻《うめ》いた。

深くは突けなかったが、背中の骨には当たった。

「このガキ」

振り向きざま、凄まじい横なぐりの剣が来た。

「うわっ」

夏之助は尻餅《しりもち》をつくように後ろに倒れた。

同時にごろごろと転がって、松の木の根元で立ち上がった。

早苗が外に出るのが見えた。

――よかった……。

早苗を助けることができた。これでちょっとだけ、あいつに偉そうにできるかもしれなかった。

「助けてください！　皆さん、助けてください！」

早苗は大声を張り上げた。

「この家の人が子どもを斬ろうとしています。早く、助けてください」

町中に聞こえるように叫んだ。

「どうした？」

年寄りが足を止めた。

つづいて天秤棒《てんびんぼう》をかついだ男も立ち止まった。

「この家で子どもが斬られそうなんです」

「なんだと」

「おかしな人が刀を振り回しているんです」

早苗は咄嗟《とっさ》のことだが、「同心」という言葉を口にしてはいけないと思った。同心が刀を振り回していたら、それは捕物になってしまう。それだと助けてもらえない。

余計なことを言ってはいけない。悪い男がいたいけな子どもを殺そうとしている。だから、助けてください。

「ここです、ここ！　早く助けて！　斬られてしまいます！」

早苗は開けた戸の中を指差しながら叫びつづけた。

通りがざわつき出していた。

居並ぶ店の中からは、次々とあるじが飛び出して来た。

「どうした、どうした」

何人もが戸の中をのぞき始めた。

「暗くて見えねえぞ」

「あそこです、あの木立のところ」

「おーい、番太郎。こっちに来い！」

「どうした？」

「突く棒とかあるだろう。持って来てくれ」

だんだん騒ぎも大きくなってきた。

「助けて、皆さん、助けて！」

夏之助の耳にも早苗の必死の叫び声が聞こえている。

「くそっ」

同心が迫ってくる。それを松の木陰に入りながらかわす。

あとはもう逃げるだけでいい。ただ逃げるだけなら夏之助は誰にも負けない。勝たなければならないから弱いのだ。

「おい、どうした？」

「どこだ？」

「大丈夫か？」

何人もの声が聞こえてきた。

木戸は開いている。武家屋敷なら連中も入れないが、ここは町人の家である。

何人かが中に入って来るのが見えた。

「提灯《ちょうちん》を貸せ」

いくつかの提灯の明かりが近づいて来たとき、同心はやっと動きを止めた。

「小僧。きさまの勝ちだ」

同心はそう言って、母屋のほうへ足早に去った。

「こっちです、こっち。夏之助さん、大丈夫?」

早苗が駆け寄って来た。

夏之助に返事はない。

空を見上げていた。夜の空は、濃い青を裏に隠しながら、白い雲をゆったりと流しつづけていた。

×　×　×

わたしこと伊岡夏男《なつお》(改名前は夏之助といった)と、柳瀬早苗が巻き込まれた事件——それは八丁堀を揺るがすような大きな事件になっていったのだが、これを詳しく語るには、町奉行所のしくみについて語っておいたほうがいいだろう。

江戸の町人たちをつかさどる南北町奉行所は、頂点に町奉行がいて、その下には与力、同心という身分の家来がいた。

その数は、南北それぞれ与力が二十五人、同心が百二十人だった。ただし、与力の中には町奉行の家来がいたりして、本来の人数は二十人である。

わずかこれだけで、江戸に起きる悪事だけでなく、火事や暮らし全般についてつかさどっていた。

数が少ないだけに、権限も大きい。とくに与力の権限ときたらたいしたもので、町奉行ですら遠慮があったくらいだった。

じっさい、与力は仕事のできる者が多かった。代々の世襲であるが、その世襲のよさを活《い》かしていた。なにせ、江戸の隅々まで知悉《ちしつ》している。町役人《ちょう》から大店《おおだな》、あるいは町のたたずまいにいたるまで頭に入っている。いざ、なにかあれば、誰に訊《き》いてどこを当たればいいか、すぐに見当がついた。

柳瀬早苗がまだ子どもだったくせに、日本橋界隈《かいわい》の店をよく知っていたのも、父の役目のことがあったせいかもしれない。

町奉行は与力が差し出してきた書類に目を通し、うなずくだけで、その職が務まってしまうほどだったのである。

この与力の下にそれぞれ百二十人の同心がいた。

当時、江戸の人口はすでに百万人以上いると言われていた。町奉行所が管轄したのは町人だけだが、それにしてもこの同心の数は少ない。

とくに、町人にとっていちばんなじみ深かったのは、江戸中の番屋を回って歩く定町回《じょうまちまわ》りという役目の同心だが、これは南北にそれぞれたった六人がいるだけだったのである。これを助ける臨時回りという役目もあったが、これも南北六人しかいなかった。

人殺しなどという事件が起きれば、探索に関わるのはおもにこの同心たちだったが、これではあまりに数が足りない。

それゆえに見逃されてしまった悪事も多かったはずである。町奉行所の役人の数や、残っている裁きの記録などから、江戸の町は平和だったと、かんたんに言ってしまうのは間違いである。

明らかにならないまま、事故や天狗《てんぐ》のしわざとされた悪事がどれだけあったことか。

あのころは、中間《ちゅうげん》や岡《おか》っ引《び》きなどの小者《こもの》をいっぱい使ったのでしょうと言う人もいる。たしかに、岡っ引きが役に立ったことは否定できない。上からはしばしば岡っ引きなど使うなという達しがあったにもかかわらず、幕府瓦解《がかい》のときまで岡っ引きは存在していた。正確な数はわからないが、江戸中に五百人ほどはいたかもしれない。

だが、この岡っ引きが逆に、町人に害を及ぼすことも少なくなかったのである。

ただし、江戸の人たちは、江戸の治安は自分たちが守るという気持ちが強かった。

いまの明治の東京には、町のあちこちに派出所があり、警官が詰めている。若い人の中には、江戸の番屋がこの派出所と同じようなものと思っている人がいるが、それは間違いである。

江戸の番屋は町人たちが運営するもので、詰めているのも町人だし、決して奉行所の役人がいたわけではない。

町人たちが互いに力を合わせ、江戸の治安を守ろうとする気持ちは、明治の世よりはるかに強かった。決して警察まかせにはしていなかったのである。

こうした中で、あの一連のできごとは起きた。しかも、事件の全貌を引っ張り出すきっかけは、わたしと早苗とが果たしたのだった。

その無鉄砲ぶりは、いま思うと呆《あき》れてしまうほどである。

「夏之助さん。行ってみようか」

わたしはいまでも目をつむると、柳瀬早苗の好奇心にあふれた、いきいきとした表情がよみがえってくるのだ――。

二

夏之助と早苗の危機を救ったのは、町の人たちだった。

二人は番屋に連れていかれ、それから二人とも八丁堀の役人の子どもたちだというので、すぐさま奉行所や家に連絡が走った。

そして、もう一度、北町奉行所から伊岡清兵衛《せいべえ》や定町回り同心が青洲屋の家に踏み込んだとき、庭で腹を切っている南町奉行所同心の山崎半太郎《やまざきはんたろう》の遺体が見つかったのである。

伊岡家では夏之助が帰されるとすぐに、父母そろって、柳瀬家に詫びに伺った。夏之助は父親の着物を急いで肩上げしたものを着せられ、足袋《たび》を替えろだのとうるさく言われ、かしこまって隣の柳瀬家に上がった。

「このたびはまことに申し訳ありませんでした」

伊岡清兵衛がそう言うと、母も夏之助もそろって頭を下げた。

屋敷にもどって話を聞いたばかりだった柳瀬宋右衛門《そうえもん》は、

「いや、礼を言うのはこっちだろう。おい、早苗、伊岡どのが挨拶に見えた。お前も挨拶せい」

早苗を呼んだ。

「はい」

早苗も澄ました顔で出てくると、父親のわきに座った。

目を合わせるとなぜか笑い出しそうな気がして、夏之助は早苗のほうを見ないようにした。

「危ない目に遭ったのは夏之助で、早苗はさっさと逃がしてもらい、助けを呼んだだけだったのだろう？」

「そうですよ」

叱られないよう、早苗はそれほど危ないことはなかったというふうに伝えたのだろう。だが、あのときは早苗だって殺されるはずだったのだ。

「ついこのあいだも、縛られて危ない目に遭ったくせに、懲《こ》りないというか、学ばないというか、まったくどうしようもないやつで。もう、夏之助は早苗さまと会わせないようにいたしますので」

夏之助の父がそう言うと、早苗は、「え」という顔で柳瀬宋右衛門を見て、いかにも不服そうにした。

「いや伊岡、それは無理だろう」

と、柳瀬宋右衛門は言った。

「ですが」

「会わせるなと言っても、隣に住んでいるのだからな」

「では、出歩かぬように」

「それも無理だろう。子どもに出歩くなというのは酷だ。まあ自分たちで考えて、危ないところには行かないと、それでよいではないか」

「はあ」

伊岡清兵衛は困った顔をした。

「おいらたちはおびき寄せられたんです」

夏之助がそう言うと、母親が「口を利くな」とでも言うように、目配せした。

だが、これは言わないとまずいことなのだ。

「父から聞いた、霊岸島《れいがんじま》になぜか犬が集まる家があるという話を追いかけるうち、あの家に行く羽目になったのです。おちさという人は、その話がおいらたちに伝わるようにしたみたいです」

「伊岡、その話は誰に聞いた？」

柳瀬宋右衛門が、夏之助の父に訊いた。

「それは奉行所前の立ち話で、岡っ引きたちといっしょに町の噂を聞いているときでした。噂話などに耳を傾けてしまい、お恥ずかしい限りです」

「なにを言うか。町の噂にわしらが耳を傾けなくてどうする。そうか、岡っ引きとな」

柳瀬宋右衛門は首をかしげたが、

「それと、お前たちは、危なそうな話は洋二郎《ようじろう》にもっと相談するようにな。なにせ、あいつは暇だから」

暢気《のんき》なものであった。

父母が挨拶を終えて引き下がろうとすると、夏之助はその洋二郎に引き止められた。今日中に、さっきの話を詳しく聞いておきたいという。

早苗ともども洋二郎の部屋に呼ばれた。

「おちさはすでにいなくなっていたぞ」

洋二郎がそう言うと、

「嘘《うそ》でしょ」

早苗が目を丸くした。

「なんでだい？」

「おちささんは重病だったよ。もうあまり動けそうもなかったんだよ」

「誰かが運んだのだろうな」

「でも、店のことがあるから、隠れるわけにはいかないんじゃないですか？」

夏之助が言った。

「おちさは病のせいで、もう隠居みたいになっているんだ」

「青洲屋のことは調べたの？」

早苗が訊いた。

青洲屋は京橋近くにある大きな薬種《やくしゅ》問屋だが、そのほかにも百一文という金貸しやいろんな商いにも手を出しているらしい。

「いま、兄貴たちも調べているんだが、いろんなところと関わったりしていて、実体が見えにくいのさ。そうかんたんにはいかないかもしれないな」

「山崎って人は、おちささんに命令されてあんなことしたのかしら？」

早苗は首をかしげた。

「なんで？」

「おちささんは、そんなことするようには見えなかったから」

「だが、青洲屋に出入りしていたのは間違いないらしい。その山崎が、なんでお前たちを殺そうとしたかだよ、大事なのは。思い当たることはあるか？」

洋二郎がそう言うと、夏之助の背中にまたあのときの恐怖がよみがえりそうにな

ったが、

「山崎半太郎という人の名前は、最近、聞いたことがありました」

と、答えた。

「どこで？」

「深川《ふかがわ》の深寿山誓運寺《しんじゅざんせいうんじ》で」

夏之助がそう言うと、

「お前たち、その寺をどうして知っているんだ？」

洋二郎は驚いた。

「じつは……」

夏之助は買った本に挟まれていた手紙のことを話した。

十五年前、旗本の木戸家であったかどわかし。

大奥の代参《だいさん》を利用して身代金の受け渡しをしたことに気づいたと。

「代参があった寺が、深川の深寿山誓運寺だったのです」

「そうなのさ」

「洋二郎さんから青洲屋のおちささんが元大奥にいたってことを聞いたあと、あの寺の檀家《だんか》の人が自慢するのも聞いたんです。代参に来ていたお女中が、大奥を出てから商いを始めて、青洲屋になったたって」

「……」

「それで、大奥の代参とかは、もしかして奉行所のほうでも警護したりするかなと思い、誓運寺と八丁堀のお役人はなにかつながりはないですかとも訊きました」

「あったのか？」

「南町奉行所の定町回り同心の山崎半太郎さまと、お白洲《しらす》同心の江藤欽吾郎《えとうきんごろう》さまはここが菩提寺《ぼだいじ》だよと」

「江藤も」

「おいらが剣術道場でいっしょだった江藤信輔《しんすけ》の父上なんです。この前、切腹してしまったけど」

「ああ」

洋二郎はうなずき、しばらく絶句し、

「木戸さまと若葉《わかば》ちゃんのあいだで縁談が進みかけていたんだよ」

「知ってるよ。良三郎《りょうざぶろう》さまとも会ったし」

早苗はうなずいた。

「そうなのか」

「良三郎さまだったらよかったのに」

「早苗、それはもう言うな。兄貴も若葉ちゃんの気持ちをいちばんに考えたんだ。ただ、良三郎どのが以前かどわかしに遭い、身代金を大奥の行列に預けることになったため、解決できずにうやむやになったことを聞いた。それで、兄貴が調べ直すという話も出ていたんだよ」

「うん」

それも良三郎から聞いていた。

「だが、お前たちが解いてしまったようだ。もし、そのかどわかしが、大奥にいたおちさと山崎半太郎のしわざで、お前たちがそれに気づいたとわかったら、それは命を奪おうとするだろうな」

「はい」

夏之助もうなずいた。

「どうして、早くそれを言わなかったんだよ」

「まだ、はっきりしない話だったし、おいらたちはただ、謎を解くのが面白いからやっていただけなので……」

「ちょっと待て。いま、兄貴を呼んで来る」

洋二郎はそう言って席を立った。

それから夏之助と早苗は、また同じ話をさせられ、いささか疲れ果ててしまったのである。

三

それから三日後のことである――。

夏之助は学問所の帰り、青洲屋のおちさの家の前を通ってきた。

人の出入りしているようすはなく、塀の向こうの音に耳を澄ましても、なにも聞こえてこなかった。

――夢の中のできごとみたいだ。

だが、目の前を走った刃《やいば》の音や、山崎の背中を突いたときの手の感触などは、耳や手にはっきり残っていた。

ぷぅーん。

と、線香の匂いがしてきた。

すぐ近くで、葬式が出ていた。「忌中《きちゅう》」の文字が見える。看板を見ると煎餅《せんべい》屋で、そこの誰かが亡くなったらしい。

弔問《ちょうもん》の人が出て来て、話をする声が聞こえた。

「川に落ちて死ぬなんて、猪之吉《いのきち》らしくねえな」

「酔っ払って歩いているうちに、橋から下に落ちたらしいぜ」

「どこの橋？」

「そこの思案《しあん》橋だよ」

「ふうん」

男たちは夏之助の前を通り過ぎていった。

なんとなく引っかかるような気がした。

八丁堀にもどって来ると、早苗が柳瀬家の門を出て、こっちに歩いて来るところだった。

「あ、夏之助さん」

早苗は嬉しそうに笑った。この三日は顔を見ていなかった。

「買い物か？」

「うん。若葉姉さんの用事。でも、急ぎじゃないよ」

夏之助が、なにか話があるのだと察したらしい。早苗の丸い目が輝いた。

「いま、おちささんの家の前を通って来たんだけどな、あの近所の煎餅屋のあるじが、昨夜、酔っ払って川に落ちて死んだらしいぜ」

「川に落ちて？　ぽん太《た》さんの知り合いの芸者さんみたいね」

「あ、ほんとだ」

たしか浜代《はまよ》という名で、深川の油堀《あぶらぼり》で飛び込んだと言われている。だが、浜代に死ぬ理由はなく、遺体は故意に長いあいだ水に浸《つ》けられていたようだった。

そういえば、あのとき遺体の発見現場にいたのも山崎半太郎で、その件についても調べが進んだとは聞いていない。山崎に襲われたとき、夏之助は咄嗟に、芸者を殺したのもお前だろうと言った。確信があってのことではなかったが、山崎はそれを認めるようなことも言っていたのだ。柳瀬洋二郎はちゃんと調べていてくれるのだろうかと、夏之助は不安になった。

「なんか、嫌だね」

「もの凄く嫌だよ」

「行ってみようか？」

「どこに？」

「その近くの番屋だよ」

それで番屋を訪ねた。

思案橋のたもとにあり、中には白髪頭《しらが》の六十くらいの町役人らしい人と、五十くらいの番太郎がいた。

「あのう」

と、早苗が声をかけた。こういうとき、早苗は照れ屋でぶっきら棒な夏之助より、ずっと気に入られやすいのだ。

「あ、三日前に、青洲屋の中で襲われた二人じゃないか。どうしたい？」

町役人らしい人が訊いた。

「煎餅屋の猪之吉さん、亡くなったんでしょ？」

「そうなんだよ」

「もしかしたら、あのとき駆けつけて来てくれた人かなと思って。猪之吉さんて、どういう見た目の人でした」

「どういうって、身体が小さくて、あ、この何日かは眉毛が片方しかなかったよ。油で揚げる煎餅をつくっているとき、はずみで焼いちまったって」

「やっぱり、そうでした。手を合わせてきます」

早苗は礼を言って外に出た。

「ほんとに覚えてたのか?」

夏之助が訊いた。

「もちろんだよ。四番目か五番目くらいに駆けつけて来てくれた人だったよ」

「そうか」

「あの人が亡くなったんだ」

早苗はしばらく呆然《ぼうぜん》としていたが、

「やっぱり、なんか変」

と、言った。

「なにが?」

「ちょっと来て」

早苗は夏之助をおちさの家の前に連れて行き、出入りした戸口の前に立った。当然ながら、戸は閉まっていて、びくともしない。

「この戸が開いていたと思ってね」

「ああ。早苗は出て来たんだからな」

「それで、猪之吉さんは中をのぞくため、ここに立っていたの」

早苗は戸の前に立った。

「ああ」

「夏之助さんは、こっちのほうで斬り合っていたでしょ」

「というか、逃げっぱなしだったけどな」

「だったら、ふつうはそっちを見るよね？」

早苗は左手を指差した。

「うん」

「猪之吉さんは、こっちを見ていたの。ここに立って。皆が入って行き始めても、しばらくこっちを見ていたの」

今度は右手を指差した。

「こっちか」

「おかしくない？」

「なにか気になることがあったのかな」

「こっちって、おちささんが寝ていた部屋のあたりだよ」

「おちささんが立ってのぞいているのを見たのかな」

「おちささんは立ってないと思う」

「じゃあ、なにを？」

「誰かほかにもいたんじゃないかな」

「おい、早苗」

そう言って、夏之助は余韻のように湧き上がってきた恐怖に足が震えるのがわかった。

「なに？」

「それって、猪之吉さんは誰かを見て、それで見られたほうは都合が悪いから、殺したってことかよ。まだ、怖ろしいやつは、ほかにもいるってことかよ……」

夏之助はしばらく震えが止まらなかった。

南町奉行所の筆頭与力である丹波美濃助《たんばみのすけ》と、青洲屋の番頭である浅右衛門《あさえもん》が会うためには、配慮が必要だった。

いままでは、おちさの家を利用したが、騒ぎが起きたあの家に近づくのは、もう危険である。それで、おちさがこれも秘密裡《り》に経営してきた南町奉行所に近い料亭を使うことにした。

隣り合った別々の部屋に入り、襖を少しだけ開けて話した。

「丹波さま。おちささまの具合は？」

浅右衛門は心配そうに訊いた。

この青洲屋の番頭は、下級武士だったおちさの家の遠縁の者で、青洲屋を立ち上げたときに、ほかの海産物問屋で手代をしていたところを引き抜いた。おちさより五つほど下だが、すでに商いの要諦を知りつくしていた。青洲屋が短いあいだでここまでの大店《おおだな》になったのには、おちさの情熱や丹波美濃助のはかりごとのほか、浅右衛門の手腕が大きな力になったのである。

「うむ。悪くない。いまの家ももともと気に入っている家でな。おちさもくつろいでいるよ」

「よかったです。まさか山崎さまがあんなことになろうとは」

「うむ。子どもだと思って油断もしたのだろうが」

「猪之吉のことはご安心ください。ちゃんと始末しました」

「誰を遣った？」

「岡っ引きの要作《ようさく》を動かしました。大丈夫です。丹波さまのことは、要作はいっさい知りません」

「そうか」

浅右衛門は当初から商いだけでなく、こうした裏の仕事まで共にやってきた。だからこそ、いまも一蓮托生といった思いを持ちつづけることができるのである。

「猪之吉は、どういう知り合いだったので？」

浅右衛門が美濃助に訊いた。

「知り合いというほどではないのだ。半年ほど前、猪之吉の住まいの並びにある三軒の店が、悪質な地上げに引っかかり、訴えてきた。それをわしが裁いたが、あのあたりの町人には甘い判決となったのさ」

「それで、柳瀬さまを覚えていたのですね」

「わしがおちさを横抱きにして、階下へ降りようとしたところを見られた。あやつ、わしの顔を覚えていて、こっちに向かって頭を下げたのだ」

「そういうことでしたか」

「お奉行の名ならともかく、わしの名までは覚えておるまいが、どこでなにをしゃべるかわかったものではないからな」

「まったくです」

浅右衛門はうなずいた。

「だが、このところ、江藤、山崎と二人失った。これは予想外のことだった」

「駒が不足ですか」

「荒っぽい仕事をする者がな」

「おりますよ、丹波さま」

「いるか？」

「うちでしばらく店の用心棒として雇っていた男がいます。こいつに両国のやくざを通して仕事を頼みましょう。数人なら、こいつが集めますよ」

「それはいい。頼みたいことがあるのだ」

丹波美濃助がそっと耳打ちした。

「なんと」

浅右衛門は目を瞠《みは》った。よほど大きな仕事を命じられたらしかった。

四

今度はすぐ叔父《おじ》の洋二郎に相談することにして、二人は早苗の家にやって来た。

「呼んで来るから待ってて」

家に入ると、客間に見知らぬ男がいるのが見えた。

「そんなに急にですか？」

母の芳野《よしの》が驚いた声で言った。

「父もこれからなにかと多忙になるのがわかっておりまして、柳瀬様に奉行所でご意向をうかがいましたら、若葉さまがよいならとおっしゃいましたもので、その足で伺った次第です」

「そうですか。では、若葉の気持ちを聞いてみます。若葉！」

早苗が隠れているそばを、

「はい」

と言って、姉の若葉が通り過ぎた。

「こちらは、右京《うきょう》さまの兄上の兵庫《ひょうご》さまですよ」

「初めまして。若葉でございます」

若葉の挨拶には、どこか浮き浮きした調子がある。

「じつは、お前さえよければ、十日後に右京さまと祝言《しゅうげん》を挙げさせたいとおっしゃっているのですが、どうです？」

「はい。わたくしはかまいません」

若葉があまりにも嬉しそうに言ったので、早苗は驚いた。

——十日後に。嘘でしょう。

早苗は唖然《あぜん》として、その場を離れた。

「ねえ、叔父さん」

洋二郎は火鉢で銀杏《ぎんなん》を煎《い》りながら、詰め将棋をしていた。父もときどき詰め将棋をするが、盤に並んでいる駒の数はもっと多い。洋二郎のは、駒が三つか四つしかなかったりする。

「どうした？　ぼんやりした顔をして」

「うん。若葉姉さんが祝言を挙げる話をしてる」

「そうか」

「早過ぎない？」

「まあな。先方がずいぶん熱心だからな。兄貴も急ぎたくはないみたいだけど、なんせ若葉ちゃんが相手をお気に入りなんだから」

洋二郎も困ったような顔で言った。

「それと、叔父さんに相談があったんだ。来て」

早苗は客のいる部屋の前を避け、台所のほうを通って洋二郎を外に連れ出した。

夏之助は門のわきにしゃがんで待っていたが、洋二郎が来ると立ち上がって、ぺこりと頭を下げた。

「おう、夏之助もいっしょか。どうしたんだ?」

「気になることがあったの」

と、煎餅屋の溺死《できし》のことを伝えた。

「猪之吉がなにかを見てしまい、口をふさがれたというのか」

「そうかもしれないでしょ」

「たしかにそれは考えられるな。それにしても、お前たち、よくそういうことに気づくよな」

洋二郎はつくづく感心したように言った。

「一人だと気づかないよ。でも、夏之助さんといっしょだと気づくんだよね」

「うん、そうだな」

夏之助もうなずいた。

「もしかしたら、大人の七割程度の知恵でも、二人合わせると十割と四分になるでしょ。それじゃないの」

早苗は嬉しそうに言った。

「だとしたら、猪之吉を酔っ払わせるところから悪事が始まっていたのかもしれないぞ。まずは、酒を飲んだ店を探すことにしよう」

そう言って、洋二郎は歩き出した。

煎餅屋の前に来ると、洋二郎は中に入った。ちらりと中を見ると狭そうである。

「わたしたちはここで手を合わせよう」

早苗がそう言って黙禱《もくとう》を始めたので、夏之助も同じように手を合わせた。

洋二郎はすぐに外へ出て来て、

「猪之吉がいつも飲むのは、そこの店だとさ」

二軒あけた同じ通りの煮売り屋に入った。

昨夜の猪之吉のことを訊くと、鍋をかき回していたあるじは、

「だが、あの晩はうちじゃない、どっかほかで飲んだんだよ。でなきゃ、あそこの橋は渡らないだろう」

店先から橋のほうを指差した。

たしかに橋の向こう岸で飲み、こっちに帰ってきたのだ。

橋を渡り、通り沿いで酒を飲ませる店に声をかけて回った。

眉毛が片方しかないという特徴があるから訊きやすい。あるじもぜったいに忘れないだろう。

訊ねた三軒目の店のあるじが、

「眉毛が片方しかない男？　猪之吉のことですかい？」

もともと知っていたらしい。

「そうなんだ」

「死んじゃったそうですね。あっしも夢見が悪いですよ。まさか橋から落ちるだなんて思ってなかったから、途中で止めればよかったんですが」

「あんたのせいじゃないよ」

洋二郎は慰め、

「一人で飲んでたのかい？」

「いや、一人、連れがいました」

「ここの常連かい？」

「あっしは初めて見ましたね。でも、ずいぶん嬉しそうに話し込んでいたよ」

「嬉しそうにね」

喧嘩になったわけではないのだ。

「猪之吉ってのは気難しい男で、あんなふうに話すのはめずらしいんですよ。すっかり気分がよくなったみたいで、二人で一升ほど飲んだけど、猪之吉はその八割方を飲んだんじゃないですか」

「八合も」

早苗は父や洋二郎が家で飲むとき、お燗《かん》をつけたりするから、それがどれくらいの量かもわかる。洋二郎などは酒が好きと言っても、せいぜい三合どまりである。八合などは母も飲ませない。

「そりゃあ、へべれけだよ」

洋二郎も呆れたように言った。

「ふだんはせいぜい二、三合だよ。よほど話が楽しかったかね。しかも、払いはぜんぶ連れの男だったよ」

「ただ酒か？」

洋二郎は羨ましそうに言った。

「でも、猪之吉の煎餅屋は流行《はや》ってたし、あいつはただ酒を喜んでふるまってもらうやつじゃないんですがね」

店のおやじが言った。

「酔わされたんだろう。しかも、その相手とは話が合ったんだろうな」

「ええ、そうでしょうね」

「どんな話が合ったのかね？」

洋二郎が訊いた。

「さあねえ。あいつは煎餅一筋の男でしたからね。おれのつくる煎餅は、日本でいちばんうまいと本気で思ってたんだ。じっさい、うまかったんですがね。香ばしくて、味に工夫もあったし」

「じゃあ、煎餅の話か？」

「いや、どうでしょうかね。そりゃあ猪之吉も煎餅の話は好きだったろうけど、あいつと話を合わせられるのは煎餅屋くらいでしょう。しかも、煎餅屋だったら逆に喧嘩になっちまうんじゃないですかね」

「なるほどな」

三人とも納得して、煮売り屋を出た。

五

「なんだろうね、夏之助さん。猪之吉さんが熱心に話していたことって」

早苗が夏之助に言った。

「それがわかると、相手の男を見つける手がかりになるんだけどな」

「ほんとだね」

「猪之吉さんの家の中を見させてもらえませんか、洋二郎さん？」

夏之助が洋二郎に訊いた。

「お、そうだ。それがいいな」

三人はまた、猪之吉の煎餅屋にもどった。

さっきまで葬式がおこなわれていたが、早桶《はやおけ》が墓地に持って行かれたため、留守番が一人いただけだった。

洋二郎は、町奉行所の与力である柳瀬宋右衛門の弟であることを名乗り、

「ちょっと家の中を見せてもらうよ」

と、中に入った。

夏之助と早苗もいっしょに家の中を見回した。煎餅を焼いて売る板の間の店先と、その奥に六畳間、さらに台所の土間があるだけである。

その家の中にはなにもない。

ほんとに煎餅の材料だけ。将棋も囲碁も花札もない。育てているものも、飼っているものもない。

道楽があれば、それに関する書物の何冊かくらいはあってもいい。夏之助も天文のことが好きなので、書物は二、三十冊ほど持っている。

「道楽があったとは思えないね」

早苗が言った。

「ああ。でも、物を持たない道楽だってあるだろうからね」

「酒を八合も飲んじゃうくらいだから、酒の話で気が合ったのかな」

「いや、ふだんはせいぜい二、三合って言ってたぞ。それに、言っちゃ悪いが、あの店に置いてあった酒は〈砂利黒《じゃりくろ》〉と言って、高いわりにたいしてうまい酒じゃないんだ」

洋二郎が首をかしげた。

三人が通りに出て来たとき、

「あら、洋二郎。なに、してんの？」

見知らぬ女が声をかけてきた。馴《な》れ馴《な》れしく、ざっかけない口調で、清楚《せいそ》な見た目には似合わない。

「よう。仕事だよ」

「こんなところで？　早苗ちゃんや夏之助ちゃんもいっしょに？」

「え？」

早苗は相手が自分たちを知っていることに驚き、

「どちらさまでしたっけ？」

「やあね。ぽん太でしょ」

「ぽん太さん！」

「あ、化粧してないから。顔、違う？」

「ぜんぜん違いますよ。嘘みたい！」

あの真っ白に塗りたくって、目だけ強調した二つ目小僧みたいな顔とはまるで違う。目はたしかに大きいが、鼻や口とも釣り合って異様さはまったくない。むしろ美人と言ってもいい。

「あたし、でも、こんな目立たない顔、嫌なのよ。すぐ忘れられそうで」

「それはあの顔は……」

一度見たら忘れられない。夢にだって出てくる。

「それより、洋二郎。例の話」

ぽん太は洋二郎に言った。

「どっちの？」

「家のほう。あたし、考えたけどさ。洋二郎、怒られるよ」

「なんで?」

「芸者といっしょに暮らすなんて世間体が悪いって」

「兄貴はそんなもの気にしないよ」

二人の話を聞いて、

「洋二郎叔父さん、ずるい」

早苗は怒って言った。

「なんで?」

「家から逃げる気なんだね」

若葉の婿として丹波右京が家族になる。洋二郎はそこから逃げ出そうとしているのだ。はっきり口にはしないが、洋二郎も丹波右京が苦手なのだろう。

「だって、おれは邪魔だろうが」

「駄目だよ」

「いや、ちょっと待て。おれたち、ほかにも話があるから。お前たちは、煎餅屋の隣に団子屋があっただろ。あの前で待っててくれ。ほら、これで団子でも食いながら」

巾着から十文取り出して、早苗に渡した。

自分たちはどこか甘味屋にでも入るつもりのようだった。

六

「まったく、もう。あたしたちだって忙しいのにね」

追い払われたみたいになり、早苗は怒って言った。

「うん、まあ」

夏之助はそうでもない。家にいればなんやかんやと仕事を言いつけられるが、外にいる限りは暇である。

団子屋に来て、一串ずつ買って食べながら、

「おじさん」

早苗は団子屋のおやじに訊いた。

「そこの亡くなった猪之吉さんは、ずっと独り身だったんですか?」

「いや、女房はいたけど、三年くれえ前に出て行ってしまったのさ。おふくさんという名前で、猪之吉には勿体《もったい》ない女房だったな」

「もしかして？」

　早苗は夏之助を見た。

「なんだよ？」

「女房の悪口で話が合ったのかな？」

「あ、そうかも」

　だが、その話を耳にしたおやじが、

「猪之吉はおふくさんの悪口を言ったことないよ。むしろ、他人が悪口など言おうものなら怒ったくらいさ」

「そうですか」

「いいやつだったよ」

「おふくさん、どこに行ったかなんて、わかりませんよね」

「人形町《にんぎようちよう》の三光稲荷《さんこういなり》のそばで髪結いをやってるよ」

　ここからは遠くない。

「なんていうお店かわかりますか？」

「名前なんてあるもんか。ただのおふくの店。そういえば、誰か、猪之吉が死んだことは伝えたのかな？」

おやじはわきであんこを煮ていた女房に訊いた。

「言ってないよ。来てなかったもの」

「でも、伝えたからって葬式に来るとは限らねえよ」

おやじは女房にそう言ったあと、

「もしかしたら、あんたたち、おふくさんに会いに行くの？」

と、訊いた。

「そのつもりですけど」

「じゃあ、猪之吉が死んだこと、伝えてくれよ」

「はあ」

なんだか嫌な役目を押しつけられてしまった。

「死んじゃったの、あの人？」

おふくは目を丸くした。ちょうど客が途切れて、散らばった髪の毛を掃除しているところだった。

「ご愁傷《しゅうしょう》さまです」

伝えた早苗はそう言った。

道すがらどっちが伝えるかで押しつけ合ったが、結局、早苗が引き受けてくれた。夏之助は早苗が言うのを聞きながら、やっぱり自分では口ごもってしまい、伝えるのは難しかっただろうと思った。

「あ、そう」

気が抜けたような返事だった。

「どんな人でした、猪之吉さんは？」

早苗は訊いた。

「毎日、煎餅焼くだけの人生だったよね」

「そうですか」

「朝から晩まで……しょう油の匂いを頭からつま先まで染み込ませて……話しかけると、焼き加減がわからなくなるって怒るんだよ……口もきかずに、焼いて、ひっくり返して……たぶん、十年後や二十年後もこの人はこうやってるんだと思ったら、それが嫌で、あたしは家を出たようなものよ」

おふくは途切れ途切れにそう言った。

「猪之吉さんが嫌いだったんですか？」

「嫌いだよ、あんなつまらない男」

「いまも？」

「いまは……もう、死んじゃったんだろ」

「ええ」

「だったら、考えは変わるよ。いい人だったね」

「……」

「つまんなくなったんだろうね。でも、あの家を出てから何人かほかの男と付き合ったけど、男は皆、どいつもこいつも一緒だね」

「そうなんですか」

「あんたたちにはわかんない話になったね」

「でも、教訓にはなると思います」

早苗は真剣な顔で言った。

「話はそれだけ？」

「いいえ。じつは、猪之吉さんになにか道楽はなかったのか訊きに来たんです」

「あの人の道楽？　なかったよ。煎餅だけ」

「そうですか」

二人はがっかりして帰ろうとした。

「あ」

おふくがふいに言った。

「なにか?」

「あの人、スズメが好きだったよ」

「スズメ?　ちゅんちゅん鳴くスズメですか?」

「そう。あんなにかわいい生きものはいないって。それで、割れて売り物にしにくい煎餅を砕いては、よく神社とか、川のところであげてたよ」

「へえ」

「スズメのことはよく話してたよ。どこに巣があるだの。ほんとは飼いたいけど、煎餅があるからどうにもならないだの。それだけじゃない。スズメの飛び方は凄いとか、よく見ていたよ。スズメなんか百羽ひとからげだろって冗談を言ったら、馬鹿って怒ってたよ。あんなんでもちっとずつ違うんだと。あたしはろくに話を聞いてなかった。馬鹿だったね、いま、思うと」

おふくはそう言って、初めて涙を見せた。

団子屋にもどる途中、橋のたもとで早苗が足を止めた。

「夏之助さん。スズメ」

「ああ」

十羽ほどのスズメが地面で餌をあさっていた。

二人は並んでスズメたちを眺めた。

「こうやって見ると、ほんとにかわいいね」

「そうだな」

「模様だって、よく見るときれいだよ」

「うん。これを食う人の気がしれない」

「スズメって食べるの？」

早苗は目を瞠った。

「食べる人もいる」

じつは、海賊《かいぞく》橋のたもとにある飲み屋で、洋二郎が酒のつまみに食べているのを見たことがある。「夏之助も食ってみろ」と勧められたが、ちゃんとスズメのかたちがわかったので、食べる気がしなかった。だが、洋二郎に悪いので、そのことは言わない。

「うちのたまは、しょっちゅう捕って食べてるけどね」

それも見たことがある。口に咥《くわ》えたまま、たまが自慢げに塀の上を歩いていた。

「見て。あれは仔スズメだね。ちっちゃいよ」

大きなスズメの半分くらいしかない。よく見ると、顔もちゃんと童顔である。

「ほんとだ」

「父とか母とか区別はついてるのかな？」

早苗は心配そうに言った。

「皆、顔はそっくりだからなあ」

「でも、ほっぺの黒い模様のところは、なんとなく違うよ」

「ほんとだ」

人間も、ほかの生きものが見れば、皆、似たように見えるのではないか。だが、仲間同士ではちゃんと区別がついているのかもしれない。

「オスメスの区別ってつくのかな？」

「おいらは知らない」

「スズメの巣ってどこにあるの？」

「それも知らない」

「そうだな」

「地面に餌なんかあるのかしらね」

「アリでも食べてるのかな」

知らないことばかりである。

だが、ずっと可愛がって餌をあげたりしているうち、そういうことにも詳しくなっていくのだろう。さらに、ウズラとかメジロとはどこが違うのだろうとか調べはじめたら、きっとキリがなくなる。

なんでもそうなのだ。興味がなければ、なんだって薄っぺらく思えてしまう。だが、興味を持てば、謎が次々に生まれ、どんどん深みのあるものになってくる。たぶん、この世に薄っぺらいものなんてなにもないのだろう。知れば知るほど、不思議なことが広がっていく。

「猪之吉さんが、ずっとスズメの話をしてたというのも、なんだかわかる気がするね」

早苗のスズメを見る目がやさしくなっていた。

七

団子屋の前にもどって来ると、洋二郎も団子を食べながら待っていた。

「なんだ、早苗、どこに行ってたんだ？」

「猪之吉さんの元のおかみさんに会ってきたんだよ」

「やっぱり、そうか。ここのおやじもそう言ったよ。それで、なにかわかったのか？」

「うん。話が合ったというのは、たぶんスズメの話だよ」

「スズメ？　あの、ちゅんちゅん鳴くやつか？」

さっきの早苗と同じようなことを言った。

「そう。あのスズメ。すごくかわいがっていて、砕いた煎餅を持っては、神社の境《けい》内《だい》とか川のところであげてたんだって」

「かわいいのはわからないでもないが、そこまでスズメのことで話の合うやつなんかいるかな？」

洋二郎は首をかしげ、

「それがたまたま片方は猪之吉を殺そうとするやつで、偶然見てしまった猪之吉もスズメが好きだったなんて、都合がよすぎはしないか？」

「ほんとだ」

夏之助もうなずいた。

「早苗。やっぱり、その線は違うよ」

「そうかなあ」

三人はそう言いながら猪之吉が落ちた思案橋の上に来た。

「ねえ、やっぱり、変。猪之吉さんは酔っ払っていたって、ここから落ちたりはしない」

早苗は立ち止まり、欄干《らんかん》から下を見た。いかにも冷たそうな水が流れている。猪之吉は溺れたというより、酔っ払っていきなり冷たい水に浸かり、心ノ臓《しんぞう》が止まってしまったのではないか。

「どうしてだ？」

洋二郎が訊いた。

「猪之吉さんて背が小さくて、わたしと同じくらいだったんだよ。ほら、欄干の高さを見て」

夏之助も早苗とそう変わらない。欄干はへその上あたりにある。

「洋二郎叔父さんなら酔っ払って落ちてもおかしくない。でも、わたしや猪之吉さんは落ちないよ」

「そうだな」

「じゃあ、やっぱり凄い偶然があったのか」

夏之助が言った。

「偶然じゃない。殺したやつがスズメ好きとは限らないよ。スズメ好きを連れて来て、猪之吉さんとお酒を飲ませればいいだけでしょ。要はしこたま飲ませてへべれけにさせればいいんだから」

「ほんとだ」

「探そうよ、夏之助さん。スズメが大好きな男を」

「どうやって？」

「神社や川沿いの道あたりで、スズメに餌をやってるか、カゴに入れて飼ってるか。そういう人を探そう」

洋二郎も昼間に動く分にはと、反対はしなかった。

二人は探しまわったが、さすがにそうかんたんには見つからなかった。ウグイスやメジロをカゴに入れて飼っている人がよくいる。だが、スズメは見当たらない。

そのウグイスやメジロのカゴを十ほども軒下に吊り下げていた年寄りに訊くと、

「スズメをカゴに入れて飼っている人？　スズメをカゴで飼うやつなんかいないと思うな。たしかにかわいいけど、あれは暴れるんだよ」

と、言った。

「そうなんですか」

「もし、カゴに入れて飼っているとしたら、怪我《けが》したやつを助けたか、巣から落ちた雛《ひな》を育てたかだろうな。あ……」

「どうしました？」

「どこかで見たぞ。蛎殻町《かきがらちょう》の裏あたりだったと思うな」

蛎殻町というのは武家屋敷に周りを囲まれた町人地で、かなり混み入ったところである。路地をのぞき込んだりすると、怖いような感じもある。

「夏之助さん、いつでも逃げられる用意をしながら歩こうね」

「ああ、そうしよう」

さすがに用心深くなっている。

探し始めて三日目——。

蛎殻町でついに、カゴの中のスズメを見つけた。三軒長屋の右端の家である。カゴは一つだけではない。三つ下がっていて、それぞれ一羽ずつスズメが入っている。

「夏之助さん、あれ」

「ああ、間違いない。飼ってるんだ」

「そっち見て」

早苗は小さな庭を指差した。

沢庵石《たくあんいし》みたいな石が三つ並び、卒塔婆《そとば》というか、立て札というか、木片が刺さっていて、それには「スズメたちの墓」と書いてあった。

しばらく声をかけられずにいると、戸が開き、洋二郎と同じくらいの年ごろの男が出てきた。

帳面のようなものを持ち、腰に矢立てを下げている。

「あのう」

夏之助が声をかけた。

「は？」

「ちょっと伺いますが、おじさんは四日前の夜、思案橋近くの飲み屋で、煎餅屋の猪之吉って人と酒を飲みましたよね」

「え、ああ、飲んだよ」

夏之助は思わず早苗の顔を見た。ついに見つけた。

「誰だい、お前さんたちは？」

「ちょっとした知り合いです。そんなことより、話を聞かせてください」

「歩きながらでもいいかい？」

「かまいません」

男は大川のほうに向かって歩き出した。

「それで、なんだい？」

「猪之吉さんとは以前からの知り合いだったんですか？」

「いや、あのとき初めて会ったんだよ」

夏之助が訊いた。

「でも、ずいぶん話が合ったんですよね」

「そう。あの人、大のスズメ好きでね。おれは売れない絵師なんだが、よくスズメを描いているうち、すっかりスズメ好きになった。そんな話をしたらキリが無くなったんだよ」

「猪之吉さんがスズメ好きというのは、どうしてわかったんですか?」

「人から聞いたんだよ」

「誰に?」

「寅吉《とらきち》といって、蛎殻町の要作親分のところで働いている男だそうだ。相撲取《すもうと》りみたいに大きな身体をした人だったよ。それで、猪之吉さんといっしょに酒を飲んでくれって頼まれたのさ」

「いっしょに酒を飲めと?」

「スズメの話をして、へべれけにさせてくれってね。お金はこっちで持つからというもんでね」

「そんなことさせるのはおかしいですよね」

早苗が夏之助のわきから非難めいた口調で言った。そんな虫のいい話、裏があるに決まっている。

「でも、嫁をくっつけてやるのに、酔っ払わせるのがいちばんだって言うからさ」

「嫁を?」

「猪之吉って人は度が過ぎた照れ屋で、嫁をくっつけようとすると逃げちまうんだと。酔っ払ったときを狙って、くっつけるのがいちばんだというからさ」

「なるほど」

夏之助はうなずいた。それにしても、ずいぶん手の込んだことをしたものである。

「あのあと、うまくいったのかね。いまごろは、新妻といちゃいちゃしてるのかな」

絵師は面白そうに言った。

夏之助は言いにくくなって迷ったが、

「猪之吉さん、そのあと、亡くなりました」

「え？」

「酔っ払って川から落ちたんです」

「そんな」

絵師の顔色が変わった。話に嘘はなさそうだった。

八

川《かわ》っ縁《ぷち》で絵を描くという絵師と別れると、夏之助と早苗は八丁堀に向かって駆けた。

「おい、早苗。岡っ引きがからんでいるぞ。おいらたちが下手に首を突っ込む話じゃなさそうだな」

「うん。すぐに洋二郎叔父さんに言わなくちゃ」

いっしょに洋二郎の部屋に入った。

洋二郎は書物をまとめたりして、荷づくりのようなことをしていた。

「あ、叔父さん」

「いや、なに、いますぐ引っ越すってわけじゃないよ」

洋二郎は慌てて弁解した。

「ま、それはあとで聞くわ。それより、見つけたよ。猪之吉さんといっしょにお酒を飲んだ人を」

「そりゃあ凄い。どんなやつだった？」

「それがね……」

蛎殻町の岡っ引きで要作という名を出した。それと、要作が使っている相撲取りのような下っ引《したぴ》き。小柄な猪之吉だったら、軽々と持ち上げて、下の川に放り込むことだってできただろう。

「今度は岡っ引きか」

洋二郎は眉をひそめた。

「岡っ引きがからむとなると、もうわたしたちの手には負えないし、あとは洋二郎叔父さんにまかせるよ」

「もちろん。お前たちはもう、手を出しちゃ駄目だ。いいな」

「うん」

早苗がうなずいた。

夏之助は少しだけ残念な気がした。もうちょっと、大事なところまで突っ込めそうにも思える。

「岡っ引きと聞いたら、気になることが出てきたな」

「なあに？」

「ほら、お前たちがおびき寄せられた例のおちさのところの話、元は岡っ引きの噂話だったんだろ」

「あ」

「伊岡さんに確かめてもらったほうがよさそうだな」

「もし、その岡っ引きだったら、どういうことなんです？」

「うん、まあ、それは同じ岡っ引きかどうか、わかってからの話だ。ちょっと奉行所に行って、伊岡さんに話してくるよ」

洋二郎はこれ以上何もしないようにともう一度きつく言うと、刀を差し、外へ出て行った。


夏之助が次の日に早苗から聞いたところでは――。

洋二郎は夜も遅くなってから、柳瀬宋右衛門といっしょに帰って来たらしい。

夜食のうどんを食べながら二人が話したことも早苗から聞いた。それは、

「焦るな」

「尻尾《しっぽ》切り」

「裏に誰か」

「十手《じって》は山崎」

「一網打尽」

といった言葉だったらしい。

夏之助はそれらの言葉も参考にして、早苗といっしょにこの事件の全体を考えてみた。

「たぶん、同じ男だったんだよ。うちの父親に犬の話をした岡っ引きは、蛎殻町の

要作だったんだ」

「そうだよね。それで、相撲取りみたいな下っ引きもいたんだ」

「でも、急いで要作や下っ引きを問い詰めることはしないんだな」

「うん。それは裏にもっと大物がいて、要作や下っ引きは尻尾切りみたいにされちゃうからだよ」

「怖いな」

夏之助は思わず言った。

早苗もぶるっと身体を震わせた。

「怖いよ」

「十手は山崎ってなんだ？」

夏之助が訊いた。

「岡っ引きが持つ十手は、同心の人が預けるらしいよ」

「じゃあ、要作の十手はあの山崎半太郎が預けたんだな」

「下手すると、山崎がぜんぶ悪いってことで終わってしまうね」

「でも、柳瀬さまはそれをしたくない」

「大物もひっくるめて、一網打尽にするんだね」

「ああ。凄いよ、柳瀬さまは」

夏之助がそう言うと、

「うん」

早苗は自慢げに鼻をぴくぴくさせた。

「もう、このことは忘れよう」

「でも、なんかつらい気持ちは残るよ」

「うん」

「わたしがあのとき騒いで、猪之吉さんが助けに来ていなかったら、殺されたりはしなかったんだよね」

「おいらだって、あの同心に捕まったりしなければ」

夏之助もそれを思うと、うなだれてしまった。

もうこの件には関わらないと言い交わした二人だったが、一つだけしてしまったことがあった。

三日ほどして——。

夏之助と早苗はあのスズメを飼っている絵師を訪ねたのである。

「よう、このあいだの二人じゃないか」

「はい。じつは頼みがあって来ました」

と、早苗が言った。

「なんだい？」

「スズメの絵を描いてもらいたいんです」

「スズメの絵？」

「猪之吉さんのお墓に持っていってあげたいと思って」

「ああ、そりゃあいい。おれも、あんたたちの話を聞いてから、気が咎《とが》めていたんだよ」

「それで、絵の代金をいくら支払えばいいのかわからなくて、とりあえず家にあった紙と筆と墨は持ってきました」

　早苗はそれらを差し出した。

「そんなこと気にすることはねえのに。お、これはいい筆だ。もらっておくよ」

　洋二郎の何本もある筆の中から一本もらってきたのだ。恐ろしく下手な字を書くのは、筆のせいではなかったらしい。

　絵師はすらすらっとスズメが飛び交っている絵を描いてくれた。五羽もいて、にぎやかな絵である。

「猪之吉さん、喜ぶと思います」

夏之助と早苗はこれを持ち、猪之吉の代々の墓があると聞いた深川の専繍寺《せんしゆうじ》を訪ねた。

小坊主に場所を訊き、小さな墓の前に立った。

「ここだよ、ここ」

夏之助が墓石を少し持ち上げ、紙を畳んで下に入れた。こうしておけば雨に濡れて破けてしまうこともない。

「あ」

早苗が空を見上げた。

近くの木にスズメが飛んできていた。三羽、四羽……スズメは一羽が来ると、たちまち十羽、二十羽になる。

「スズメ、来てるね、夏之助さん」

「ああ、絵、いらなかったかな」

「そんなことないよ。いっぱいいたほうが喜ぶって」

早苗も喜んでいた。

第二章　カゴの虫

一

夏之助が湯島の学問所からもどって来ると、家の前の陽《ひ》だまりで飼い猫のおたまを撫《な》でていた早苗が、

「あ、夏之助さん。ちょうどいい。とくに用はないんだけど、町をぶらぶらするのに付き合って」

と、言った。

「ああ、別にかまわないけど」

夏之助はすこし嫌そうに言ったが、ほんとは嬉しい。

おたまを門の中に放り込んだ早苗に、夏之助は訊《き》いた。

「どっちに行く？」

賑《にぎ》やかな日本橋のほうへ行くか、海辺の築地《つきじ》のほうか、それとも橋を渡って深川か。橋を渡るのには往復四文が要《い》るので、その分、煎餅《せんべい》でも買い食いしたい。

「海のほうにしようか」

「いいよ」

海辺は寒いのだが、景色はいい。景色を喜ぶなんて年寄りみたいだが、いい景色はやっぱり気持ちがいい。

歩き出してすぐ、早苗が言った。

「わたし、いま、家にいたくないんだ」

「どうして？」

「若葉姉さんの祝言の準備で、家がごたごたしてるんだよ」

「そんなに大変なのか？」

「物置きにしていた離れを、二人の住まいに改築してるの」

「ああ、それでか」

大工が出入りしているのは、隣からもわかった。

「なんか嫌だよ」

早苗は顔をしかめた。

「なにが？」

「家が変わっていくのが」

「でも、どうしたって変わっていくんだよ」

それはまだ十四年しか生きていない夏之助にもわかる。

父が亡くなり、新しい父が来て、妹が二人生まれた。これで母が亡くなり、新しい母が来たりすると、自分は家の中の離れ小島のような存在になってしまうのだろうか。

それと最近では、同じ道場に通っていた江藤信輔がいなくなった。江藤家は取りつぶしになり、道場の噂《うわさ》によれば、金で同心の身分を買った人が、新しく入って来たらしい。町人の身分だったが、何代か前は武士だったのだそうだ。

昨日、たまたま元江藤家の前を通ったら、本当に新しい人が入っていた。さりげなく見ただけだが、ご新造《しんぞ》はまだ若く、夏之助と同じ年ごろの子どもはいそうになかった。

嫌なやつだったが、夏之助は少し寂しさを覚えた。

「うん、そうだよね」

二人は家並みを眺めながらぶらぶら歩いた。

夏之助は、早苗とずっとこうやって歩きつづけることができたら、あとはもう何もいらないような気もしてくる。近ごろは、武者修行に旅立つときも、早苗を連れて行こうかと思うこともある。足手まといになったりもするだろうが、決闘のときは茶店で待たせておけばいい。

夏之助が敗れて死んだときは、ちょん髷《まげ》を江戸まで持ち帰ってくれるかもしれない。だが、「一人で行って」と言われる公算のほうが強い。

稲荷《いなり》橋を渡り、剣術道場のほうに向かう。ここらは本湊町《ほんみなとちょう》といわれる町である。

「スズメの件から、なんだか軒下のカゴをのぞく癖がついたみたいだ」

夏之助が横を見ながら言った。

「でも、面白いよね」

きょろきょろしながら町を歩けば、いろんなものが見えてくる。

一人で歩くときは早く辿《たど》り着きたくて脇目もふらないのに、早苗と歩くとなぜかいろいろ目に入ってくるのだ。

ふと、早苗の足が止まった。

「ねえ、それって、ゴキカブリだよね？」

通りを向いた窓の庇《ひさし》の下に虫カゴが二つ、ぶら下がっていて、早苗はそれを指差している。

「ゴキカブリ？　ああ、油虫のことか。まさか。鈴虫だろ？」

「いや、違う。よく見て」

気持ち悪いが、早苗に押されるようにして、夏之助は籠《かご》をのぞき込んだ。まさしく油虫がカゴに入っていた。

「あ、ほんとだ、そうだな」

「虫カゴに入れてるんだね、油虫なのに。まさか、飼ってるってことはないよね？」

「カゴに入れてるってことは、飼ってるんだよ」

真っ黒くて、ほんとに油を塗ったようなてらてらした大きな油虫が入っている。片方に二匹、もう片方には一匹。小さく切ったかぼちゃの煮つけが餌《えさ》らしい。

油虫は、カブトムシやカナブンなんかとも似ているが、妙な気持ち悪さがあるのはなぜだろう。夏之助の母親も、カブトムシには悲鳴を上げたりしないが、油虫だとお化けでも見たような声を出す。油虫のやたらと動きが速いところも、気味の悪さを助長しているのかもしれない。

「油虫って鳴いたっけ?」

早苗が訊いた。

「鳴く。りぃーん、りぃーんとは鳴かないけど」

「なんて?」

「ぐっちゃぐっちゃって」

びしょびしょのぞうきんを踏みつけるみたいな音を立てた。

「やあだ。気持ち悪い冗談言わないで」

「でも、きっと鈴虫かなんかと間違えているんだよ。変ねえ。この鈴虫、鳴かないのよねえ、とか言って」

夏之助は笑いながら言った。

「教えてあげようか?」

「やめたほうがいい。大きなお世話だって怒るかもしれないぞ」

「そうか」

家も静かで、出かけているらしい。

「それに、ほんとに油虫を飼って楽しんでいるのかもしれないし」

「油虫なんか、どこにだっているじゃないの」

「いるけど、いざ、見ようと思ったとき見られるか？」

「そりゃあ、台所の隅とかに隠れちゃってるから」

「カゴに入れておけば、いつだって好きなときに見られるだろ」

「ほんとだね」

「世の中には、いろんなもの飼ってる人がいるからなあ」

と、夏之助は言った。そういう人を何人か知っている。

「そんな人、いる？」

「剣術の師匠のところは豚を飼ってるだろ」

道場の裏の檻《おり》の中にいて、一度、弟子の誰かが悪戯《いたずら》で檻から出したら凄い勢いで逃げ出し、捕まえるのにひどく苦労したことがある。犬なら待っていればまた帰って来るが、豚は家を忘れたらしく、なかなかもどらない。

「ああ、あれはお師匠さまが皆で食べるために飼ったらしいよ。でも、ご新造《しんぞ》さまから、豚なんか食べたくないし、可哀《かわい》そうだからやめてくれって言われて、仕方なく飼っているんだって」

「そうなのか……深川の漁師で海亀を飼ってる人もいた」

「いたねえ。あたしも見たよ」

「だから、油虫を飼ってる人がいてもおかしくない」

「そうだね」

早苗も納得した。

このあと海辺をぶらぶらしたが、カゴの中の油虫より面白いものは見つからなかった。


早苗が家に帰って来ると、離れの大工仕事はまだつづいていた。柿葺《こけらぶ》きだった屋根が瓦になっていて、こっちからは見えないが中の壁も塗り替えた気配である。急ぎの仕事なので、今日は夜までやっていくらしい。

紅葉《もみじ》の部屋をのぞくと、

「ああ、早苗」

不機嫌そうな顔である。お香を焚《た》いている。気分を変えたいとき、紅葉がやる儀式みたいなものである。

「どうしたの、姉さん？」

「あいつ、ほんとに嫌な男かもね」

「あいつって誰？」

「右京だよ」

呼び捨てにした。

「え、なにかあったの？」

「日本橋の通りでばったり会ったんだよ。お千代《ちよ》ちゃんといっしょにいたとき。図々しくそばに寄ってきて、お前はおれの妹になるんだ、仲良くしようなって言われた」

「どういう意味？」

「知らない。でも、言い方が嫌だった。女は皆、おれの虜《とりこ》になるみたいな言い方」

「うん」

「若葉姉さんも初心《うぶ》すぎたからなあ」

「初心？」

「そう。初心な子って、見かけがいい男で、自信満々なやつに弱いんだよ」

「なんとかしてよ、紅葉姉さん」

早苗は紅葉の袖にすがった。

「どうするのよ」

「父上に言ってよ。やめるように」

「こういう話って、親にはしにくいからねえ」

「それはそうだけど」

「あたしもお嫁に行っちゃおうかな」

「そんなあ、十六じゃ早いよ」

「早くないよ。日本橋あたりのお金持ちの商人に嫁いで、中庭に面した部屋に閉じこもって暮らすの。犬と猫を二匹ずつ飼ってね」

なんだかそういう話があるみたいなことを言った。

だが、この前、紅葉が読んでいた戯作《げさく》にもそんな場面があったから、たぶんその影響だろう。そのお内儀は、気の弱い、才能ある美男の役者と駆け落ちしてしまったが。

もっとも江戸では十六でお嫁に行く娘はいくらでもいる。とくに早いことはない。

「そしたら、あたしはどうなるの?」

洋二郎はすでに、ぽん太と出ていく話を詰めている。これで紅葉までいなくなったら、右京と若葉の夫婦と、父と母と、早苗の五人になる。

朝の食事どきのことを考えた。早苗がこの世でいちばん好きな、しかも大切な場所でもある。どこかにお嫁に行っても、朝ご飯だけは、家にもどって来て食べたいとさえ思っていた。

それがまるで違うものになってしまうのだ。

「あんたは、まだ、どうにもならないでしょうよ」

紅葉はそう言った。

「どうして？」

「十四だから」

「もう！」

早苗は腹が立って、それからあんな右京のことなんか好きになる若葉が憎らしくなってきた。

二

翌日――。

早苗は、夏之助が今日は学問所ではなく剣術道場に行くことをすでに聞いてあった。それで、あまり身体の調子はよくなかったが、自分も薙刀《なぎなた》の稽古に出た。

船松町《ふなまつちょう》の渡辺市右衛門《わたなべいちえもん》道場。

夏之助はここでもう六年ほど剣術を習っている。だが、上達はずいぶん遅い。当人が言うには、それなりに上達はしているのだが、あとから入って来る者の上達の速さが上回るので、なかなか上に行けないだけらしい。

しかも、このあいだ山崎という同心に斬られそうになったとき、

「おいらは逃げるだけなら誰にも負けない。勝たなければならないから弱いんだというのを悟ったんだ」

と、言っていた。

「でも、夏之助さん、武者修行に行くんだよね？」

「武者修行というのは、強いやつがするとは限らないよ。弱いやつが強くなるためにやるんじゃないか」

早苗は、それだと斬られて死ぬんじゃないかと思ったが、

「いいんじゃないの」

そう言った。逃げまくるうちに相手は疲れ果ててしまうかもしれないし、竹刀の試合という手もあるだろう。

少し頼りない気もするが、でも、あのときだって必死で自分を先に逃がしてくれた。「もし、お前を助けることができたら、おいらの下手な剣も無駄じゃなかった

ってことになるんだから」その言葉はいまもはっきり覚えている。

だいたい早苗の薙刀だってそうたいしたものではない。二年も習っているが、うまくなったのは掛け声だけのような気がする。もっとも、師匠は「紅葉さんよりはうまい」と言った。紅葉はどれだけ下手だったのだろうと思う。

終わる刻限を見計らい、夏之助と帰りの道で会った。

　歩き出すと、

「あ」

早苗が夏之助をつついた。

「うん」

　夏之助も、つつかれた訳はすぐにわかったらしい。

二人のわきを田崎雄三郎《たざきゆうざぶろう》と正木禅吾《まさきぜんご》の二人が足早に通り過ぎて行ったのだ。三人組の一人だった江藤信輔がいなくなってから、この二人は夏之助に突っかかることもしていないという。一人いなくなったら、どうにも元気が薄れてしまったみたいである。

「ねえ、今日も行ってみようか」

早苗は目を輝かせて言った。

「どこに？」

「油虫のカゴだよ」

「あれか」

「どうしても気になるの。こういうのって病気かしら」

「おいらも昨日、油虫を食ってる夢を見た」

「嫌だぁ」

「佃煮《つくだに》にしてあった」

「それ、ほんとに食べてたの？」

「うん」

「ちょっと離れてよ」

早苗は夏之助の腕を押した。

押されるまま、二間《けん》近く離れた。

「夢でだぞ」

「それでも気味悪いから」

「わかったよ」

「ねえ、なんで油虫飼ってるのか、やっぱり知りたいよ」

「おいらだって知りたいさ」

というわけで、昨日のところに行った。

本湊町の、河岸から一本なかに入った通りである。

今日もカゴは吊るされていて、その家の戸が開いていた。

「あ、あの人」

「うん」

やさしそうな四十くらいの女が洗濯物を干しているところだった。早苗は、飼っているとしたらてっきり男だと思っていたからますます気になる。

「おばさん、訊きたいことがあるんだけど、訊いたら怒りますか？」

早苗が声をかけた。

「はあ？」

「怒らないですよね？」

「でも、嫌なことを訊かれたら怒るかもしれないよ」

笑いながら言った。怒りそうもない。

「うーん。それ、油虫ですよね？」

庇の下の虫カゴを差して訊いた。

「そう。よくわかったね」

「知っていて飼ってるんですか？」

「まさか鈴虫とは間違えないだろ。鳴かないし、だいいち鈴虫なんかこんな寒くなると出てこないよ」

「そうですよね」

「わけありなの。聞きたい？」

「ぜひ」

「あたしは、京橋近くの〈我妻屋《あづまや》〉っていう豆屋で働いているのさ」

「ああ、おいしい納豆も売っているお店ですよね」

早苗は思い出した。大きな間口で、いろんな種類の豆を売っている。

「そうそう。あたしはおもんていう名前なんだけどね。それで、そこの若旦那がいま、柳島《やなぎじま》の別宅で療養しているんだよ」

「はい」

「あたしは、若旦那が小さいときから面倒を見ていたので、いまでも三日に一度くらいずつ、掃除や洗濯に行くのさ。それで、若旦那というのは、あまり人と話すのが得意じゃない人でさ、生きものを飼って気なぐさみをしていたんだがね、なんだかすぐに死んでしまうんだよ」

「生きものが？」

「そう。犬でも猫でも、鳥もいろいろ飼ったよ。虫もね。でも、どれもすぐ死んでしまうのさ」

「へえ」

早苗は少し背中がぞっとした。

「それで、若旦那は死なない生きものはないかなって言い出して、油虫は丈夫ですよって話になったんだよ」

「あ、そうらしいですね」

油虫は丈夫な生きもので、なにをしようが叩《たた》きつぶしでもしなければ死なないというのは洋二郎から聞いたことがある。餌もやらなくていいらしく、「虫の仙人みたいなやつだ」とも言っていた。もっとも洋二郎の話は嘘《うそ》も多いので、あまりあてにはならない。

「それなら飼ってみたいけど、油虫にまで死なれたら、おいらは次の番かと思ってしまうよ、なんて言い出してね」

「まあ」

「じゃあ、本当に死なないのか確かめてから持って来ましょうかって言ってしまったのさ」

「それで確かめているんですか？」

「ああ、こうして夜通し寒いところに吊るしたりしてね」

「その若旦那も、変わった人ですね」

「変わってもいないんだが、ご自分も若いのに病気でね。可哀そうだから、頼みを聞いてやったのさ」

「そうだったんですか」

これで油虫がカゴで飼われていたわけは納得した。

三

翌日の朝も柳瀬家の朝餉《あさげ》は賑やかだった。

洋二郎が座るとすぐ、

「昨夜、いつも行く飲み屋に行ったんだけどさ……」

と、始まった。

「このあいだ、新しく入った女が、いい歳《とし》なのに変に舌っ足らずの話し方をするんだよ。いらったいまて、って感じでな。まあ、かわいいなとは思ったんだけどさ。それで、昨日十日ぶりくらいにそこに行ったんだよ。そうしたら、誰かが舌っ足らずの話し方がかわいいとか言ったからだと思うんだけど、四人いる女が皆、いらったいまて、になってるんだよ。店の中で流行《はや》ったんだろうな。女ってのは流行りに弱いから。どいつもこいつもだぜ。おたけいっぽん、おたちみも、だぜ」

その洋二郎の口真似《まね》も面白いので、紅葉などはひっくり返って笑った。

だが、まもなくこの雰囲気が変わってしまうのだろう。そう思うと、早苗は寂しくて仕方がない。

おかずに変わった納豆が出ていた。黒豆の納豆である。

「どうしたの、これ？」

早苗が訊くと、

「あたしの知っている京橋近くの若旦那がくれたの。身体にいいんだって」

紅葉が自慢げに言った。

「え、もしかして我妻屋の若旦那？」

「違うよ。その隣の、本屋の若旦那。隣で買って、持ってきてくれたの。我妻屋の若旦那ってのは変な人だよ」

「知ってるんだ？」

「ほとんど話したことはないよ。向こうはわたしのことをいろいろ訊いたりしていたみたいで、手紙はよくくれてたよ」

「どんな手紙？」

早苗はどきどきしながら訊いた。恋文だったらぜひ読ませてもらいたい。

「紅葉さんは、楊貴妃《ようきひ》よりきれいだって。楊貴妃見たことあるのって言いたいよね」

「それで、何て返事したの？」

「返事なんか出さないよ。でも、道で会うと、うつむいて赤くなるだけで、だから話とかはしてないんだよ」

「ははあ」

さすがもてることでは八丁堀一の紅葉である。

「黒豆の納豆なんて初めてだよ」

ふつうの納豆よりは嚙《か》みごたえがある。若葉はふつうの納豆のほうがおいしいと言ったが、早苗はこれも好きである。だいたい、ちょっと変わったものはどれもおいしく思える。

「夏は枝豆の納豆もつくるって」

「へえ。食べてみたい」

経木《きょうぎ》に入った黒豆納豆の包み紙を見せてくれた。

「豆で達者でって書いてあるね」

紙には、一勇斎国芳《いちゆうさいくによし》画と入った強そうな武者絵が描いてある。

「豆は身体にいいからな」

父の宋右衛門が言った。

「あなたや洋二郎さんが丈夫なのは、毎日の納豆のおかげかもしれませんね」

母の芳野もうなずいた。

二人とも納豆が大好きで、毎日二人前分くらい食べてしまう。

「でも、だったら我妻屋の若旦那は、身体が丈夫なはずだよね？」

早苗が紅葉にそう訊《たず》ねると、

「あれ、あんた、若旦那知ってるの？」

と、訊いた。

「話でだけ。身体が弱くて、別宅で療養してるんだって」

「あ、だから最近、手紙来ないんだ。でも、身体弱かったかなあ、あの人?」

「弱くないの?」

「弱いというより、怠け者なんじゃないの」

「ふうん」

早苗はそう言って、肌にもいいという黒豆納豆を食べるため、お代わりを差し出した。


早苗は八丁堀の手前の橋で学問所から帰って来る夏之助を待ち伏せた。

案の定、生真面目《きまじめ》な顔で一生懸命歩いて来た夏之助と出会った。

「ねえ、夏之助さん。納豆って身体にすごくいいんだってね」

「納豆? ああ、身体にはいいかもしれない。おいらは、あんまり好きじゃないけど」

「え、納豆好きじゃないの?」

「納豆は好きかもしれない」

わからないことを言った。

「なに、それ?」

「でも、うちじゃ納豆にネギとか白菜の漬物とかをいっぱい入れたりするんだよ」

「へえ」

「そうすると、あんまり糸引かなくなるから嫌だって言うんだけど、聞いてもらえないんだ。だから、納豆もだんだん好きじゃなくなってきた」

「でも、身体にいいから食べたほうがいいよ」

「うん」

「それで思ったんだけど、我妻屋の若旦那なんか納豆たくさん食べてるはずだよね。だったら、すごく丈夫になっててていいはずじゃない？」

「まあな」

「飼っている生きものだって、餌をけちけちされたりはしないよね」

「豆とかいっぱいもらえそうだな」

「それなのに、そんなにすぐ死ぬかな。犬とか、猫とか」

「ああ」

「鳥もでしょ。変だと思わない？」

「たしかに変だ」

「柳島って遠かったっけ？」

「本所《ほんじょ》の先だろ」

「うん。亀戸《かめいど》とかあるあたりだよね」

「おいらが湯島の学問所行くのとそう変わらないよ」

「ねえ、夏之助さん。行ってみようか？」

早苗は目を輝かせて言った。

「いいけど」

二人は歩き始めた。

ちょっと寒かったが、歩くうちに暖かくなってきた。

途中、早苗がたもとから煎餅を出し、一枚ずつ食べた。早苗はたもとにいろんなものを入れていたりする。ときどき入れっぱなしで腐らせてしまうこともあるらしい。

「飴《あめ》はないの？」

夏之助は訊いた。

「飴はやめたの。虫歯になるから」

「そうか」

がっかりである。

柳島に着いた。だが、江戸の真ん中と違って、柳島は広い。

くわしい場所を聞いてなかったので、我妻屋の別宅というので訊ね歩いた。

このあたりの農家の爺《じい》さんに、

「別宅なんかがあるのは、梅屋敷の周りだよ」

と言われ、その近くまで来ると、ようやくわかった。

「いいところだね、夏之助さん」

「ほんとだな」

このあたりまで来ると、周囲は田んぼや畑もいっぱいある。大きな流れは北十間《きたじっけん》川だろう。空気も清々《すがすが》しい気がする。

「こんなところでのんびりして、すぐ死んでしまうって、やっぱりおかしいよ」

「たしかに」

我妻屋の別宅はもともと農家だったものに手を加えたらしい。萱葺《かやぶ》きの屋根で、たぶん屋根裏部屋もあるのだろう、二階建てみたいに高い。

「こんにちは」

早苗が外から声をかけると、南に面した障子戸が開いて、若い男が顔を出した。

痩《や》せて、顔色も冴《さ》えない。

「我妻屋の若旦那ですよね？」

「そうだけど、誰、あんたたち？」

「昨日、おもんさんに会ったんですよ。油虫を飼ってたから、どういうわけなんだろうと思って」

あいだに低い生垣《いけがき》と庭があるので、早苗は大きな声で話した。

「ああ、うん。今度、持って来るって言ってたよ」

「生きものがすぐ死んでしまうってほんとなんですか？」

「ほんとだよ。ここに来たばかりのうちは元気なんだけど、しばらくすると元気がなくなってぐったりしちゃうんだ。それで、吐いたりするうち食欲もなくなって……」

情けなさそうな顔になった。

「病ですか？」

「わかんないよ」

「若旦那は具合が悪いから、ここに来たんでしょ？」

「ほんとは違う」

「違うんですか？」

「戯作を山ほど読みたかったんだけど、家で読んでるとおやじがうるさいんだよ。それで、具合が悪いと言ってここに来たんだけど、来てひと月ほどしたら、ほんとに具合が悪くなったのさ。いまじゃ京橋まで帰る元気も無くなった気がするよ」

「家の人は心配してないんですか？」

「怠け癖だと思ってるのさ。不徳のいたすところってやつだよ」

「でも、不思議ですよね。そんなふうに皆、具合が悪くなるなんて」

「呪いかなあ」

若旦那は不安そうに言った。

「呪い？」

「あたしを呪っているやつがいるんだよ。丑《うし》の刻《こく》参りとかもされてるかもしれない」

「心当たりはあるんですか？」

「なくもないかな。女を取り合っていたんだけど、あたしがものにしそうなので、そいつに恨みを持たれたかもしれない」

「呪いねえ」

早苗が夏之助を見ると、馬鹿馬鹿しいというような顔をしている。呪いの力もあるような気はするが、効果を確かめるのは難しそうである。

「もてるんですね」

早苗は感心したように言った。

「自分で思っているよりはもてるかも。でも、こんなところに来ているから、もう駄目だよ。手紙を届けることもできないし」

「手紙ねえ」

紅葉のほかにもいろいろ手紙を書いたりしているらしい。

「つまんないもんだよな、人生ってやつは」

「つまんないですか?」

「ああ。あたしなんか、大店《おおだな》の若旦那で、苦労知らずで幸せだなんて言われるけど、そう言われることがすでに重荷だし」

なんか贅沢な愚痴に聞こえる。

「もどればいいじゃないですか、京橋に」

「江戸の真ん中もつまんないよ」

すっかり厭世的《えんせいてき》になっているらしい。

「でも、面白いことはいっぱいありますよ」

「面白いことが？」

「ええ。町を歩いていたって謎だらけだし、知らないこともたくさんあるし、それを探ったり調べたり」

「ふうん。なんだか八丁堀の役人みたいじゃないか」

「そうですか」

「八丁堀の与力の娘でむちゃくちゃ美人がいるんだよね」

「へえ」

「江戸でも三本の指に入るよ」

「……」

　紅葉のことだと思った。

「じつは、さっき取り合ったというのもその娘なのさ」

「そうだったんですか」

　では、呪いのことは妄想である。紅葉はまったく相手にしていない。若旦那の一人芝居らしい。

「あの人に駄目なところなんかあるのかなあ」

　若旦那はうっとりした口調で言った。

「そういう美人て、きっと家ではだらしなかったりするんですよ」

「そうかなあ」

「子どものときからちやほやされてるから、恋文とかだって山ほどもらってますよ」

「やっぱり？」

「文なんかじゃ心は動きませんね」

「なんか、ますます元気が無くなるよ」

若旦那は炬燵《こたつ》に入っていたのだが、ぱたりと畳に俯《うつぶ》せになった。

「ねえ、夏之助さん。変な臭《にお》いがしていない？　卵が腐ったみたいな嫌な臭いだよ」

「する。あそこからだ」

夏之助は右手の家を指差した。

川を挟んでいるが、家がある。そこから煙が出ていた。

その煙が風でこっちに流れて来ていた。

「若旦那、臭くないですか？」

「ああ。ときどき変な臭いがするらしいね。でも、あたし、前から鼻が悪いんでよくわからないよ」

「あの煙って、いつも上がってるんですか？」

「いや、そうでもないな。夜になってからが多いかもな」

「煙のせいじゃないですか？」

「煙なんか毒になるかい？　おいら、煙草《たばこ》はしょっちゅう吸ってるよ」

「煙草だって毒になるって聞きましたよ」

「そうなの？　煙草は薬だって聞いたぜ」

「と言われて南蛮から入って来たけど、じつは毒らしいですよ」

これは父の宋右衛門が言っていた話で、たぶん間違いない。

「ちょっとあの煙の元を探ってみます。また来るかもしれません」

「あたしは煙なんか関係ないと思うよ」

若旦那はそう言って、障子戸を閉めた。

四

煙の元の家をのぞくのには、川を渡らなければならず、橋のあるほうを遠回りして近づいた。

こっちは馬小屋かなにかだったのに古い板を張りつけたみたいな、みすぼらしい建物である。

戸が閉まっているのでわからないが、誰かいる気配はある。

「こっちに来たら、臭いはそうでもないね」

早苗は鼻をくんくんさせながら言った。

「うん。天窓があっち向きだから、若旦那のところにいちばん流れていくみたいだ」

「誰か出て来るまで待つ？」

「うん、とりあえず少しだけ待つ」

二人で膝を抱くようにしゃがみ込み、怪しい家を見張った。

ススキも枯れているが、穂や節が残っているから、身を隠すくらいはできる。夏だと藪蚊《やぶか》に喰われたりするが、いまはそんな心配もない。

しばらくすると、わきの川を小舟がやって来た。男が二人乗っている。武士ではない。荒っぽい感じの男たちである。

「いい人か、悪い人か、見分ける方法ってあると思う？」

早苗が訊いた。

「顔じゃわからないんだよな」

「うん。黒助《くろすけ》さんみたいな例もあるしね」

男たちは小舟を岸に着けると、土手を上り、

「おい、辰蔵《たつぞう》」

と、小屋に向かって呼びかけた。

戸が開いた。

建物の横に戸があるので、こっちから中は丸見えになった。

中には二人の男がいて、どうやら飯を食べているところだったらしい。二人のいる向こうには、鍛冶《かじ》屋などにある炉みたいなものがあり、火が燃えているのも見えた。

「持って来たぜ」

「こっちまで運べよ。いま、飯食ってるんだ」

中の男が食べながら言った。

鍋の中のものを箸で突っついて、まずそうに食べた。

「食べものをあんなふうに食べる人にいい人はいないよ」

早苗がそう言った。

「ちっ、そのかわり、おれたちにも食わせろよ」

男二人は小舟にもどり、木箱に入れたものを二人がかりで運んだ。凄く重そうである。蓋《ふた》が開いていて、石のようなものが見える。

「あれ、なんだろうね？」

「まだ、舟の中にあるぜ。一つ取って来ようか」

「よしなよ。見つかるよ」

早苗は止めたが、

「平気だ」

夏之助は土手を駆け下りてしまった。

だが、男二人は木箱を戸口のところに置き、すぐに引き返した。

――まずいっ。

夏之助が見つかってしまう。

早苗は草むらから立ち上がり、

「猪《いのしし》だ！」

と喚《わめ》きながら、川とは反対のほうを指差した。

「猪だと？　どこだ？」

男たちは皆、早苗の指差すほうを見た。

「どこにいるんだ？」

「そっちです、そっち」

早苗もいっしょに川から遠ざかる。

夏之助が土手を上がって来て、草むらに隠れたのがわかった。

「ああ、あっちに逃げた。おとうに報《しら》せなくちゃ」

早苗はそう言うと、振り向いて駆け出した。


早苗が家にもどってくると、若葉がお使いに出るところだった。

「若葉姉さん、出かけるの？」

「丹波さまのところにお使いにね」

「……」

いそいそしている。

若葉はこのところいっそうきれいになった。紅の色が濃くなっているが、それだけではない。身体の内側で火が燃えているみたいな感じがする。

いい匂いもした。こんな若葉の匂いは嗅いだことがない。

「あ、離れの直し、終わったわよ。しばらく落ち着かなくてごめんね」

「そんなのは平気」

出入りしていた左官《さかん》や畳屋もいなくなっていた。

「早苗ちゃん。あたしが離れに移ったら、あなた、あたしの部屋を使うといいわ。やっと自分の部屋が持てるでしょ」

「うん」

そんなこと、どうでもいい。いまだって、たいして困ることもない。若葉の部屋で寝ることはあまりないが、紅葉の部屋にはしょっちゅう泊まり込んでいた。

「あら、嫌だ」

若葉がふいに目を瞠《みは》り、着物のたもとを叩き出した。

「どうしたの？」

「うん。猫の毛」

まるでおたまの毛が汚いみたいではないか。前はこんなことしなかった気がする。

「それより若葉姉さん」

「なに？」

「木戸良三郎さまっていい人だったよ」

「木戸さま？」

「ほら、右京さまの前に会うことになっていた人」

「あら、そう？」

なんの興味もなさそうである。

「すごく気を使ってくれるし」

「右京さまだっていい人だよ」

「ほんとにそうなの？　紅葉姉さんだって右京さまは嫌いだと言ってたよ」

「紅葉は自分にちやほやしない人は嫌いなのよ。ずっとちやほやされてきてるから。右京さまは、変にやさしいことは言ったりしないから」

「え？　紅葉姉さん、右京さまと町で会って、仲良くしようって話しかけられたって」

「そんなこと、言うわけないわよ」

若葉はそう言って眉をひそめた。

早苗は姉が違う人になった気がした。

五

翌日――。

早苗が昼近くに庭をうろうろしていると、

「今日ですよ。わかってるよね」

廊下のほうで母の芳野が言った。

「わかってる」

夜、若葉の祝言がおこなわれるのだ。

柳瀬家では初めてだが、よその家の祝言は何度かのぞいたことがある。

「おめでたい、おめでたい」と言うが、早苗はいつもそっと首をかしげたくなる気持ちになってしまう。

ほんとに皆、祝言をおめでたいと思っているのだろうか。おめでたいとは何だろうとも思ってしまう。「嬉しい」はわかる。「楽しい」もわかる。だが、「めでたい」とは違うだろう。いいことがありそうな予感に浮き浮きしてしまう気持ちもわかる。それと似ているのか。

ほとんどの祝言は、親同士が勝手に決めた人同士で夫婦になる。祝言のとき、初めて顔を合わせるなんてこともめずらしくない。

相手が気の合う人だったり、いい人だったりするとは限らない。だが、祝言の儀は執り行われてしまう。それでも、「おめでたい」のか。

考え始めると、お正月の「おめでたい」も怪しくなってくる。

——わたしはひねくれ者なのかな。

ときどきほんとにそう思う。

「早苗も着替えて」

「でも、まだ出かけるから」

「どこに?」

「薙刀の稽古」

「今日はお休みしなさい。出かけちゃ駄目」

「どうして?」

「いろいろ細かい用事が出てくるから、あなたに手伝ってもらわないといけないのよ」

「洋二郎叔父さんは?」

「洋二郎さんはいたって役に立たないでしょうよ」

「そりゃそうだね」

洋二郎に聞かせたい。

それでも早苗はやっぱり抜け出すことにした。すでに近所や親戚の女の人たちが手伝いに来てくれている。いなくても困ることはまったくない。

夏之助の家の庭を見ると、めずらしく庭で竹刀を振っていた。

「いないかと思ったよ」

道場に行っているはずだった。

「母親が、今日は若葉さんの祝言があってずっと隣に手伝いに行ってるから、妹の面倒を見ていろって。でも、いいんだ。あいつらは勝手に遊んでいるから」

「だったら、昨日の石の正体を探ろうよ」

「ああ、いいよ」

夏之助は家にもどり、あの塊を持って来た。こぶしほどの大きさなのに、石よりも凄く重い。昨日はそれでびっくりした。

「でも、怖いから洋二郎叔父さんを連れて行こうよ」

「ああ、そうしよう」

家にもどり、裏から洋二郎を呼びに行った。

「おい、芳野姉さんから、なにもしなくてもいいから、今日はふらふら外に行かず、ちゃんと家にいてくれって頼まれてるんだぞ」

「いいから、いいから」

「なんだよ」

と言いつつ外へ出るのはそれほど嫌そうではない。

とりあえず家から離れ、霊岸橋のたもとまで来て、

「ねえ、洋二郎叔父さん。これ、なんだと思う？」

夏之助が塊を洋二郎に手渡した。

「こりゃ、重いね」

「うん」

「鉄には見えないが、鉄並みに重いぞ。どこで見つけた？」

「柳島」

「また妙なところに行ったものだな」

「話せば長くなるんだけど、最初は油虫をカゴに入れて飼っている人がいたの……」

そこからこの石を手に入れるまでの経緯を話した。

「へえ。それでそんなところに行ったのか。お前たち、ほんと凄いな」

洋二郎は感心したが、

「そのくせ、学問のほうや剣術や薙刀はたいしたことがないっていうのはどうしてなんだろうな」

と、余計なことも言った。

「あの人たち、ぜったいに悪党だと思うの」

「よし。まずは、この石のことを鍛冶屋で訊くか。ここらに鍛冶屋はあったっけかな?」

洋二郎はあたりを見回した。

「うん。将監河岸《しょうげんかし》の前にもあるし、南八丁堀の五丁目にもあるよ」

早苗が言った。たぶんお城から南に当たる町で、早苗が知らない店はほとんどないだろう。

近いほうの霊岸島の将監河岸を訪ねた。

鍛冶屋のおやじは石を手にして、ちょっとこすったりすると、すぐに言った。

「こりゃ銅だね。まだ、粗《あら》いやつだよ。ここからさらに精錬するんですよ」

「そのとき、臭いは出るの、おじさん？」

早苗が訊いた。

「臭いよ。銅は。卵が腐ったみたいな臭いだ」

「うん、そう」

「しかも毒だし」

「やっぱり、そうなんだ」

鍛冶屋の中では、箱みたいなもので火を焚《た》いている。それと似たものはあの小屋にもあった。

「銅か。銭にできるな」

洋二郎がそう言うと、

「まあね。でも、銭なんかつくったら、首が飛びますぜ。勘弁してください」

鍛冶屋のおやじは慌てた。

「なにもあんたにつくれとは言ってないよ」

洋二郎は外に出ると、

「もしかして贋金《にせがね》づくりかもな」

「ほんとの銭座《ぜにざ》じゃないですよね？」

夏之助が訊いた。

「いや、銭座は浅草の橋場《はしば》にあるよ。柳島なんかにはないね」

「じゃあ、やっぱり？」

「そこには何人いた？」

「最初に二人いて、あとから二人来たけど、そっちは帰って行ったと思います」

夏之助が答えた。

「二人か。だったら、いいや」

洋二郎はそう言って歩き出した。二人くらいだったら相手にできるだろうという意味らしい。じっさい、洋二郎は見た目よりずっと剣の腕は立つ。

昼ご飯がまだだったので、途中、洋二郎がそばをごちそうしてくれた。昨日は煎餅だけだったので、二人ともすごくお腹が空いたのである。

今度は道に迷ったりしなかったので、我妻屋の別荘には早く着いた。

小屋を見張るのに、若旦那の別宅を借りようということになり、声をかけた。

「若旦那」

だが、返事はない。

戸が開いているし、出かけたようすもない。

「まさか、倒れていたりして」

夏之助が心配そうに言った。

「そうだよ。具合が悪いって言ってたからね」

柴折り戸《しおりど》を開けて中に入った。

「若旦那、いないんですか？」

早苗が声をかけ、中をのぞいた。

炬燵を確かめると、炭は熾《お》きたままである。

軒先に油虫のカゴが吊るしてある。

「おもんさん、来たんだね」

「ああ、それでおもんさんも洗濯物を干している途中でいなくなったんだ」

夏之助が、物干し台のわきに置かれた盥《たらい》を指差した。中に、洗って絞った洗濯物が入っている。

「まさか」

川向こうの小屋を見た。

岸に小舟が着けてある。昨日も来ていた小舟だろう。

「よし、わたしが見て来よう。早苗と夏之助はここで待っててくれ」

夏之助が早苗を見て、

「おいらも手伝いますよ」

と、胸を張った。

「いや、いい。ただ、舟が来ているということは、四人いるかもしれないのか」

洋二郎はそう言うと、物干し台にかけてあった竿《さお》を見て、その前に立った。

「とあっ」

一刀のもとに竿を切ると、ちょうど竹刀ほどの長さになった。

「こっちのほうが遠慮なくやれそうだ」

洋二郎はそれを手にし、橋のほうを回って、小屋のそばに近づいた。

足音を立てないよう静かにそばに寄り、戸口のところに耳を近づけるようにしている。

しばらく話を聞いていたが、ふいに戸を開け、

「お前たちの悪事は知れているぞ！」

と、怒鳴った。

「この野郎」

「誰だ、てめえは！」

喚《わめ》き声がして、男たちが出てきた。

丸太を手にした男もいるし、匕首《あいくち》を手にした者もいる。

洋二郎はすこし下がって、相手の男たちを外に出してしまうと、

「てやあ」

いっきに前に出た。

匕首を手にした男の手首を叩き、落としたところをさらに首を叩いた。男はがくんと地面に倒れた。

「首あり」

夏之助が思わず言った。

すぐさま、そのわきにいた素手の男には竹の棒で下腹を突いた。

「股あり」

夏之助が言った。

丸太を持った男が振り回しながら洋二郎に迫った。

力があるらしく、凄い勢いで丸太が回っている。

洋二郎はじりじりと後ずさりする。これには手を焼きそうだ。

そのとき、もう一人の男が二人が戦っている隙に土手を下り、泊めてあった小舟に乗り込んだ。

「逃げる気ね」

早苗が言った。

「そうはさせるか」

夏之助は反対側の岸に寄り、上からあの銅の塊を投げつけた。

それは胸の上、肩のあたりに当たった。バキッという嫌な音がした。きっと骨が折れたのだろう。

「ううう」

男は顔をしかめ、舟の上でしゃがみ込んだ。櫓《ろ》を漕ぐなんてできそうもない。

一方、丸太を振り回していた男がついに洋二郎に殴りかかった。

「うおっ」

洋二郎は危ないところでこれをかわすと、横向きになった相手の背に、竹の棒を思い切り叩きつけた。

「ぎゃっ」

背骨に当たったらしい乾いた音がした。

これを何度も繰り返した。刀だったら、背中がなますのように斬り刻まれたはずである。男は逃げていたが、ついに倒れた。

「背あり」

どれも道場では一本をもらえない。だが、実戦になるとこういうものなのかと夏之助は思った。

洋二郎は男の帯を取り、それで後ろ手に縛り上げる。

「早苗、もう大丈夫だ」

「うん」

二人も小屋のほうへ駆けつけた。

中に若旦那とおもんが呆然《ぼうぜん》と座り込んでいた。

「どうなったんですか？」

早苗が訊くと、

「くさい臭いがしてきたので、あんたたちが言ったようにやっぱり煙のせいかと思って、おもんと二人で文句を言いに来たのさ。そうしたら、ちょうどこれを持っているところを見てしまい、無理やり引っ張り入れられて、脅されていたのさ」

若旦那が部屋の隅を指差して言った。

そこには、木の枝に花が咲いたみたいに、穴明《あなあ》き銭《せん》がいっぱいくっついているものがあった。

「これって贋金だろう?」

若旦那が恐々《こわごわ》と言った。

四人の男たちを縛り上げ、亀戸天満宮の近くの番屋まで連れて行った。そこであれこれ事情を説明するうち、もどりはずいぶん遅くなってしまった。

「まずいな、早苗」

小走りに駆けながら洋二郎は言った。

日は亀戸の途中で落ち、どんどん暗くなってきた。祝言は暮れ六つくらいからはじまる。つまり、もうはじまっている。

「怒られますよ」

「手柄を立てて怒られるってのもつらいよな」

「でも、あたし祝言にあまり出たくないからいいの」

「そうはいくか」

家の前で夏之助と別れ、柳瀬家に飛び込んだときは、すでに三三九度の盃は終わり、酒盛りが始まっていた。

「もう、あなたたち、どこに行ってたの？」

滅多に怒らない芳野が柳眉《りゅうび》を逆立てた。

「あい、すみません。姉さん。くわしくは明日にでも」

洋二郎が手を合わせた。

ちらりと座敷の正面を見ると、丹波右京が冷たい目で早苗を見ていた。

六

わざわざ着替えて出ても、早苗の席はもうほかの酔っ払いに占領されていた。

――よかった。

と、思ったが、母の芳野がやって来て、

「ご挨拶なさい」

丹波家の人たちのほうに連れて行かれた。

「これが三番目の娘の早苗でございます。右京さまのお父上の美濃助さまですよ」

「初めまして。早苗でございます」

三つ指ついて頭を下げた。

「噂の柳瀬家美人三姉妹の切り札ですな。これはまたかわいらしい」

丹波美濃助は父の宋右衛門よりはすこし年上だろうか。髪に白いものが混じっていたが、右京とも似た端整な顔立ちだった。

「若葉と違って落ち着きのないところがありまして、困ってしまいます」

「いやいや、それは聡明《そうめい》さのもたらすところなのでしょう」

「だとよろしいのですが」

こういうお愛想のようなやりとりが延々つづくのだろうか。

「あ、お奉行がお見えだ」

誰かが大きな声を上げた。

「これはお奉行、わざわざお越しいただきまして」

どうやら北町奉行が顔を出したらしく、広間は慌ただしくなった。

早苗はこれを機に、台所のほうに下がった。

夏之助はいないが、隣からは夏之助の父の清兵衛が列席している。

また、夏之助の母のおもとも台所を手伝っていた。

「よう、早苗ちゃん」

誰かが後ろから肩を叩いた。

「あ、又兵衛伯父《またべえおじ》さん」

母方の伯父で、町奉行所には入らず、どこかの旗本の用人になった人だった。そう何度も会ってはいないが、とにかく酒が好きで、そのわりに言うことは説教臭く、早苗はちょっと苦手にしている。

「婿どのは切れ者らしいな」

又兵衛伯父は言った。

「そうですか」

「学問所でもなかなかの成績だったそうだぞ」

「へえ」

学問所の成績など、どれくらい当てになるのだろう。それを言ったら、夏之助などはだいぶかわいそうなことになる。

「これで柳瀬家は安泰《あんたい》だ」

「安泰なんかじゃありませんよ」

「どうしてだい？」

「そんな気がします」

ちらりと右京を見た。

煮物を食べるところが見えた。箸を刃物でも持つように構え、ぐさりと突き刺し、大きな口を開けて食べた。そのくせ、ちっともおいしそうにはしない。

——柳島にいた悪党たちと同じ食べ方だ……。

早苗は悲しくなってきた。

あんなふうにものを食べる人が、明日から朝餉の席に加わるのだ。

涙もあふれてきた。

「どうしたの、早苗?」

いつの間にかそばにいた紅葉が訊いた。

「うん、いいの」

早苗は泣き声が溢《あふ》れそうで、下駄をつっかけ、台所口からそっと外に出た。

戸を閉めると、宴席の騒ぎ声が遠くなった。

柳瀬家の台所は西を向いている。すぐ前は馬小屋で早苗の気配を察したからか、馬が胴震いをする音がした。

「騒がしくて眠れないのかい?」

近づいて馬に声をかけた。鼻息がかかった。煮物に入っていた人参を持ってくればよかったと思った。

軽く馬の首を撫で、それから馬小屋のわきを家の裏手に向かった。このあたりは畑にしているところで足元が悪い。土の匂いもしている。ネギが植わってある畝《うね》をまたぎ、栗と柿の木が並んでいるわきを通って、北側の塀の端まで来た。ここは夏之助の家と隣り合うところである。

あいだには高さが五尺（一メートル五十センチ）ほどの板塀がある。背の低い早苗は上からはのぞくことができない。だが、下に三寸（九センチ）ほどの隙間がある。たまもすり抜けることができないくらい狭い。早苗はかがみ込んで、その隙間から隣をのぞいた。

夏之助の部屋の板戸の節穴から赤い光が見えていた。ろうそくの明かりである。本でも読んでいるのだろう。

そのままの恰好で猫の鳴き真似をした。いつもは夏之助が早苗を呼び出すときの合図だが、今宵は早苗がした。

「にゃあ」

酔った人たちの声がしているから聞こえないかもしれない。

「にゃあ」

もう一度、鳴いた。

がたがたと板戸の開く音がした。早苗は身体を起こし、堀に背をつけるようにして座った。

「早苗か？」

塀の向こうで夏之助の声がした。

「そう、いま、祝言を挙げてるんだよ」

「うん。聞こえてる」

「祝言って、おめでたいって思う？」

「皆はそう言うよな」

「夏之助さんもそう思う？」

「めでたい祝言もあれば、めでたくない祝言もあるだろ」

夏之助は、当たり前のことのように言った。確かにそうである。丹波右京と若葉の祝言は皆、めでたいと言っているが、早苗にとってはめでたくない。

「わたし、あの人、大っ嫌いだよ」

早苗は声を上げて泣いた。

翌日――。

小名木《おなぎ》川沿いの五本松の近くにある瀟洒《しょうしゃ》なたたずまいの家に、朝日が差していた。青洲屋のおちさは、二階の部屋の布団に横たわって、大きく開いた窓から入る朝日を全身に浴びていた。

紺の寝巻がまた、日差しをよく吸うみたいで、火鉢もいらないくらい暖かく感じられる。

「小網《こあみ》町の家の二階も日当たりはよかったのに、ここはそれ以上です」

おちさが気持ちよさそうに言った。

「ああ、川に光が当たって、家に入ってくる分もあるからな」

丹波美濃助が指差した天井では、水面から上がってきた光が波のように揺れていた。

「この別荘をほとんど使っていなかったのは、勿体なかったですね」

「そうだな」

「小網町だと、八丁堀からもすぐでしたから」

「わしのわがままだったな。ここは景色もいい。もっと早く、こっちで静養させればよかった」

たしかに窓にもたれるだけで、すぐ下を流れる小名木川や、向こう岸に広がる田畑を眺めることができる。川は荷船の往来が盛んで目も退屈することはないし、田畑の光景はのどかで、気分もゆったりできる。

「なにをおっしゃいます。わたしは小網町でも幸せでしたよ」

「詫びのしるしだ。揉んでやろう。うつ伏せになるがよい」

美濃助はそう言って、おちさの身体に手をかけた。

「そんな、丹波さま。ご勿体《もったい》ない」

「なにが勿体ない。いいから、もっと足の力を抜くのだ」

美濃助が、うつ伏せになったおちさのふくらはぎから腿《もも》の裏側までゆっくりと揉《も》み上げていった。

「ああ、いい気持ち。昨夜はだるくて眠れなかったんですよ」

「黄だんが出るとだるいらしいな」

「でも、こんなに気持ちよくなれるなら、黄だんもいいものですね」

「ふっふっふ。馬鹿なことを」

「昨夜の右京さんの祝言はどうでした？」

揉まれながら、おちさは訊いた。

「うむ。柳瀬の家というのはざっくばらんな家でな、皆、楽しそうにしていたよ」

「早苗ちゃん、どんな顔してました？」

「あの娘は浮かない顔だったよ。右京の婿入りを喜んではおらぬようだな」

「そうですか」

おちさはそう言って、懐かしいような目をした。

「あの娘が気になるかね」

「早苗ちゃんだけでなく、男の子のほうもね。なんだか可愛《かわい》らしくて。二人で町のあちこちを目を輝かせながら歩いているようすを想像すると、胸がいっぱいになってしまうのですよ」

「ちと、鋭すぎるがな」

「また、なにか？」

「うむ。わしらとは関わりのないことだが、どうも柳島のほうで贋金をつくっていたのを見つけたらしいぞ」

「まあ」

「しかも、それを嗅ぎつけた発端は、油虫をカゴで飼っているのを見かけたからだというのさ」

「それがきっかけだったのですか」

おちさは少し不安な顔をした。

まさか、ここが嗅ぎつけられることもあるのかしら、と思ったからである。

「もうなにも心配しなくていい。これで倅《せがれ》は柳瀬の家に入り込んだ。なにかあればすぐ耳に入ってくるし、柳瀬宋右衛門も家族のようになったわしらをどうこうすることはできぬ。青洲屋の金もよそに移してあるし、あそこが調べられて万が一つぶれても、すぐにほかの海産物問屋がうまくいくようになっている」

足から背中まで揉みほぐすと、丹波美濃助はおちさの身体を熱い湯を絞った手ぬぐいで拭きはじめた。それはやさしさの籠《こ》もった手つきだった。

「ねえ、丹波さま」

「なんだ」

「世間の人から見たら、丹波さまのことは悪党と呼ぶのでしょうね」

「そりゃあそうさ。わしは悪党だ」

丹波美濃助は微笑《ほほえ》んでそう言った。

「でも、こんなにやさしい」

「やさしいかね？」

「もう半刻（約一時間）もこうしてあたしの身体を揉んだり拭いたりしてくれているのですよ。女としての魅力などすっかり失われた身体を」

「半刻にもなるかな」

「閻魔《えんま》さまに言っておいてあげますね。あとで来る丹波美濃助さまというお人は、やさしくてとてもこんな地獄に来る人ではありませんよ、と」

「わしは、そなたといっしょのところに行くぞ」

丹波美濃助はぽつりと言った。

「どうして？」

「どうしてだろうな？　そなたとは幼なじみだからかな？」

「幼なじみなんて、いくらもほかにいるじゃありませんか」

「だったら、わしとそなたは運命なのだ」

「運命？」

おちさはうつ伏せになったまま振り向いた。

「いっしょになるために生まれてきたような間柄なのさ」

「でも夫婦にはなれませんでした」

「あんなものはただの世間体だ」

丹波美濃助は吐き捨てるように言った。

「世間体ですか」

「そうさ。わしの気持ちはおちさのもとにある」

「嬉しい」

「残念なのは、おちさとわしの子どもがつくれなかったことだ」

「それをおっしゃらないで、丹波さま……もし、あのとき、丹波さまといっしょになれていて、子を産んだりしていたら……わたしはここまで次々と悪に手を染めるようなことはなかった気がするのですよ……」

おちさはそう言うと、枕に顔をつけ、肩を震わせて泣いた。

第三章　割れた縁起物

一

柳瀬家の朝餉《あさげ》の席である。

右京が家族になって五日ほど経《た》っている。

右京は飯を食べているとき、なにもしゃべらない。ただ、黙々と食べ、女たちの話など聞こうともしない。

いままでは、家族の話に相槌《あいづち》を打っていた若葉まで、すっかり無口になっている。

右京が来て二、三日は、洋二郎や紅葉が面白い話をしようとした。だが、右京にまったく反応がないため、いつもの盛り上がりにかけ、変に白けてしまうのだ。このため、昨日も今日も、まるで話し声のない静かな朝餉になった。

今日のお膳《ぜん》には、見たことのない魚の干物が載っていた。ひょっとこがびっくりしたような顔をしている。味のほうも、おいしいのかまずいのかよくわからない。いわゆる珍魚である。

近所の釣り好きからのもらいものらしい。五日前までだったら、この魚のことで大いに話がはずみ、箸《はし》を放り出すほど大笑いしていたはずである。

ところが、今日はいっこうに笑いが生まれない。

いままでとは違う雰囲気に、台所で食べる小者や使用人たちも、なんとなくとまどったような顔をしている。

「ごちそうさまでした」

右京はあっという間に食べ終え、立ち上がった。

「もう、いいの？　右京さま？」

若葉がおろおろしたように訊《き》いた。

「うん。朝から満腹にすると、動きが鈍くなるからな」

右京がそう言うと、洋二郎は困ったような顔をした。洋二郎は朝から納豆をたっぷりかけ、たいがい三杯は食べる。確かに、それから自分の部屋に行き、しばらく寝ていたりするので、動きも鈍くなっているのだろう。

まさか、洋二郎へ当てつけたわけでもないだろうが、

——ずいぶん厭味《いやみ》な台詞《せりふ》。

と、早苗は思った。

「では、行って参ります」

右京は蔵前《くらまえ》にある札差《ふださし》を監視する会所に、見習いとして出ている。柳瀬家に入ったからではなく、丹波家にいるときから出仕していた。

奉行所に行くよりも遠いので、出るのが早くなるのは仕方がないところはある。

それにしても愛想がない。

柳瀬宋右衛門もやはり婿には遠慮があるらしく、最初のうちは、

「なにせざっくばらんな家でな」

などと弁解していたが、今日は黙って食べるだけだった。

その宋右衛門も小者を連れて奉行所に出ていき、いちばん遅い洋二郎も立ち上がると、女たちはお膳の片づけを始める。柳瀬家では、片づけなども使用人まかせにせず、家族もいっしょに手伝う。

「なんか、皆、無口になってつまんないよ」

お膳を運びながら、早苗が若葉に言った。

「静かでいいじゃないの」

「よくない。食欲だってわかないし」

「でも、これが当たり前なのよ、早苗ちゃん」

「そうかなあ」

「商人の家じゃあるまいし、武士の家がぺらぺらおしゃべりしながら食べるのはおかしいのよ」

「それ、若葉姉さんの考え？」

「右京さまが言ったんだけど、わたしもそうよねって思ったわ」

「そんな」

早苗と若葉の話をわきで聞いていた紅葉が、

「あたしも早苗といっしょ。駄目だよ、あんな朝餉は」

きつい調子で言った。

「紅葉も静かな朝餉は嫌なの？」

「嫌よ。朝に限らず、静かにご飯を食べるなんて嫌よ。あたしは昼も晩も鉦《かね》と太鼓を鳴らしながら食べたいくらいよ」

「でも、右京さまは」

「右京さまは当主じゃないよ、姉さん」

紅葉がそう言うと、

「紅葉っ」

母の芳野がたしなめた。

紅葉はいったん口をつぐんだが、

「だったら、あなたたちはぺらぺらおしゃべりしながら食べればいいじゃないの」

若葉のほうが止《や》めない。

「雰囲気ってものがあるでしょ」

「だって、右京さまが」

若葉は右京からなにか厳しく言われたのかもしれない。

「じゃあ、姉さんたちは離れで食べればいいじゃないよ。二人で黙りこくって」

紅葉がそう言うと、

「うん、じゃあ、明日からそうするよ」

若葉は怒ったまま離れに引っ込んで行った。

「紅葉。若葉だってあいだに立って大変なんだから、あんまり追い詰めるようなことを言っては駄目よ」

と、芳野が言った。

「でも、こんなのがずっとつづくと思ったら、ねえ、早苗」

「そうだよ」

早苗も紅葉のように言いたかったくらいである。

芳野はため息をついて言った。

「確かに離れで食べたほうがいいのかもしれないね。あの人たちは、これから新しい家をつくっていくんだから」

二

早苗はつまらない。朝からずいぶん苛々《いらいら》してしまった。

こういうとき、友だちのお千代ちゃんは金切り声を上げるか、二つ歳下《としした》の弟をいきなり殴るかするらしい。

早苗は、金切り声を上げている自分を想像したくない。だから、それはやらない。殴るにも二つ歳下の弟はいない。

やっぱりこういうときは、食べるのがいちばんではないか。

今日は、おやつはもちろん、五回くらいご飯を食べよう——と、早苗は思った。

いつもなら、面白い事件が起きたりすると、謎解《なぞと》きに夢中になり、つまらない苛々も吹っ飛んでしまうのだ。

だが、そんなことはやたらとそこらじゅうに転がっているわけではないし、まだまだ謎が深そうな青洲屋の件には、首を突っ込まないようにしている。

隣の夏之助も、この数日は学問所の試験があるというので、めずらしく学問に励んでいた。

——そうだ。試験は今日だったはず……。

早苗は結果を訊こうと、海賊橋のところで待ち伏せた。

湯島の学問所の成績は甲、乙、丙《へい》でわけられる。

夏之助が自分で言うには、

「おいらの成績は小僧の行列なんだ」

そうである。

なぜかというと、

「旦那《だんな》がなにか命令するだろう。すると、小僧たちが、丙、丙、丙、丙……」

最低の丙が、ずらっと並んでいるらしい。

まるで悪びれていない。

「たまには、驚きたいよ。乙、乙、乙って」

今日もたぶん小僧の行列なのだろう。

夏之助には気の毒だが、あまりに悪い成績というのは、なんか笑ってしまうのだ。

橋の上で待っていると、夏之助がやって来た。

一目見て、試験の出来はすぐにわかった。夏之助くらいわかりやすい人がいるだろうか。顔にはっきり「駄目だった」と書いてやって来る。

夏之助は、早苗の顔を見ると、

「試験どうだったって訊くなよ」

と、言った。

「難しかったの？」

「ぜんぜん難しくない」

「じゃあ、できたんだ」

「違う。こんな簡単なところは出るわけないと思ったところばかり出たんだ。だから、素読《そどく》はしどろもどろだし、問いには答えられないし」

「難しいほうばかり覚えたんだ？」

「損したよなあ。早く覚えたことは忘れてしまおう」

そう言って、頭の中のものを下の川に投げ入れるようなしぐさをしてみせた。

「ぷっ。でも、成績なんて気にしなくていいじゃない。小僧の行列でしょ」

「それですめばいいけど」

「その下ってあるの？」

「その下は落第。また、来年、同じところをやらなくちゃならないし、父親からはみっちり小言を言われるんだ。はあ」

と、ため息をついた。

「家、帰りたくない？」

「でも、腹減ったしなあ」

「そういうことになるかと思って、はい」

と、早苗は経木《きょうぎ》に包んだ握り飯を差し出した。三つつくってきた。一つは早苗の分である。

「凄《すご》い」

いくらなんでも橋の上で食べるのはまずい。

江戸橋のほうにある河岸《かし》に腰をかけて、大きな握り飯を食べ始めた。

「うまい」

「おいしいでしょ」

梅干しを入れただけでなく、おかかもまぶしてみたのだ。

「あ、そういえば、杉森稲荷《すぎのもりいなり》で縁日が出てた」

口をもぐもぐさせながら、夏之助が言った。

杉森稲荷なんて帰り道からはちょっと外れているはずである。そういうところを通って来るのも、きっと帰りたくなかったからだろう。

「へえ。行ってみようか?」

「お金持ってない」

「お金なんかいらないよ」

「なんか欲しくなったとき素寒貧《すかんぴん》というのもなあ」

「五十文持ってる」

今日は買い食い用にこづかいを持ち出してきたのだ。

「そりゃ凄い」

夏之助が噎《む》せながら二つ目の握り飯を食べ終えると、二人は立ち上がって歩き出した。

杉森稲荷は、人形町の通りからちょっと入ったところにある。ここからは遠くない。

二人とも縁日は大好きである。

いや、縁日の嫌いな子どもはいないだろう。

なんの縁なのかはどうでもいい。なにせ境内《けいだい》や参道には、いろんな出店が並ぶのだ。芝居や手妻《てづま》の小屋も立つ。杉森稲荷の境内はけっこう広いので、めずらしい店も出ているかもしれない。

「わあ。昼間から賑《にぎ》わってるね」

鳥居の前で、早苗は嬉《うれ》しそうに言った。

芝居小屋が二つも出ている。これはめずらしい。人形町は歌舞伎の聖地ともいうべき場所である。

ただ、お上が贅沢《ぜいたく》に厳しくなっていて、今度、大きな芝居小屋が浅草のはずれの猿若町《さるわかちょう》というところに移転することになった。紅葉などはそれでずいぶんがっかりしていた。だが、ちゃんとした芝居は見られなくても、人形町あたりに来ると、楽屋に出入りする役者と会えたりするのだ。

大きな芝居に締めつけが厳しい分、こういう神社や寺の境内でおこなわれる宮地《みやち》芝居や小芝居が活況に転じているらしい。

その芝居小屋には入らないが、裏のほうまでぐるっと眺め、つづいて店を一軒ずつひやかし、最後にいちばん隅の裏口のわきの出店まで来た。

ここは、招き猫とか土鈴《どれい》のほか、いかにも安っぽい皿や茶碗《ちゃわん》を売っている。

「どれも縁起物だよ」

店のおやじがだみ声で夏之助と早苗に言った。

「皿とかも？」

早苗が訊くと、

「これでなにか食べるといいことあるよ」

真面目《まじめ》な顔で言った。

「どれもばったものだよな」

夏之助がそっと言った。

「ばったものって？」

「ばった売りしてるやつだよ。訳ありの安物」

「たしかに」

だが、早苗はそのなかに気になるものを見つけた。

「夏之助さん。あれ」

　中段に並んでいた皿を指差した。

　メザシが三匹並ぶくらいの小皿が二列になって重ねられている。

「うん」

「悪いものには見えないよ」

「そうか」

　早苗はこの手のものを見る目がある。夏之助のほうは、盆と皿の区別がつけばいいほうである。

「取ってくれる？」

　夏之助が手を伸ばして皿を取った。

　早苗は一枚ずつ絵柄を見ていく。

「絵柄も面白いね」

「そうかなあ」

　茄子《なす》を一個だけ描いたものもある。夏之助は面白いとは思わないらしく、首をかしげた。

「何枚ある？」

「十一枚だ」

「これ、いくらですか？」

早苗がおやじに訊いた。

「ぜんぶで二百文かな」

値段は適当らしい。

「干支《えと》じゃないよな？」

夏之助が訊いた。

「違うよ。猫もあるし、魚もある」

「ばらばらだ」

「うん。ぜんぶは無理だけど、何枚か買おうかなあ」

ご飯が楽しくないので、せめて皿や椀《わん》を面白いものにしたい。

「一枚ずつでも買えますか？」

「いいよ。一枚二十文」

「一枚買おうかなあ」

早苗は犬の皿が気に入ったらしい。残りはもどし、それを持って迷っているところに、女の人が息を切らしてやって来た。

「あ、あった。おじさん、これ、ちょうだい。ぜんぶ。いくら?」

いま、夏之助と早苗が見ていた皿を取り上げて訊いた。

「三百文です」

早苗は咄嗟《とっさ》に夏之助と顔を見合わせた。人を見て、急に値段を吊《つ》りあげたらしい。

「じゃ、これ」

枚数を数えもせず、急いでお金を渡し、持って行ってしまった。

「あら」

早苗はここにもう一枚ありますよと言おうとしたが、たちまちいなくなってしまった。

四十くらいの内儀《おかみ》さんふうの女の人。着物を見ても裕福そうだった。

「もしかして、これを探しに来るかもな」

夏之助は早苗が持っていた皿を取り上げた。

「ふうん」

いまの買いっぷりに急に興味を覚えたらしい。

「ちょっと見せてよ、夏之助さん」

「待って」

「早く。もどって来たら見られなくなっちゃうでしょ」

「よく見せてくれよ」

「もう、いいから」

早苗が触ると、夏之助は振り払うようにした。

はずみで皿が落ち、
ぱりん。

と、かんたんに割れた。大きく三つに分かれてしまった。

「おい、困るなあ」

おやじが文句を言った。

「買います。二十文でしょ」

早苗はお金を出し、

「夏之助さんがけちけちして見せてくれないからだよ。もう」

と、夏之助を睨《にら》んだ。

「なんだよ」

「なによ。たかが成績が悪かったからって。わたしなんか、いま毎日、つらい思いしてるんだから」

早苗は泣きそうになった。子どもじゃあるまいし、縁日の人が大勢いるところで泣いたりしたらみっともない。

「そんなの、おいらのせいじゃ……」

夏之助の言い訳を最後まで聞かず、踵《きびす》を返した。

「おい、兄さん。追いかけなくていいのかい？」

店のおやじがからかったのに、

「知らないよ、あんなやつ」

夏之助がそう言う声も聞こえた。

三

伊岡夏之助は、なんだか気が抜けたようになって、家にもどって来た。

三つに割れた皿は持って来た。金を払ったのは早苗だから、これは早苗のものである。だが、のこのこ届けに行く気にはなれない。

どうせ明日あたりには、なにもなかったような顔をして話しかけてくるに決まっている。

黙って部屋に入ろうと思ったら、音を聞きつけたらしく、

「今日、試験だったんでしょ？」

母親が奥の部屋から出て来て訊いた。

「え、ああ。まあね」

もどりたくないと思っていたのをすっかり忘れていた。

「どうだったの？」

「知るもんか」

「いいわけないよね」

母親は皮肉な笑みを浮かべた。

「なんで？」

「毎日、早苗さんとふらついてるんだもの」

「毎日なんか会ってないだろ。それに、もう、あいつと会うのはやめたから」

「あら、そうなの」

母親はすごく嬉しそうな顔をした。

しまったと思ったがもう遅い。

「そうだよね。もう、子どもじゃないんだからね。小柄だから遅れていたけど、来

年は元服《げんぷく》にしようかって言ってるんだよ」

「元服ぅ？」

元服は男子の大人になる儀式である。歳はとくに決まっておらず、だいたい十二、三から十五、六くらいのあいだでおこなう。

それほどたいしたことをするわけでもない。近所の氏神《うじがみ》にお参りし、親戚《しんせき》を呼んで祝いの席を設ける。ただ、前髪を下ろして月代《さかやき》を剃《そ》るようになるので、見た目ですぐにわかるようになる。

夏之助は、親から言われたわけではないが、だいたい自分は十七で元服だという気でいた。自分の身体《からだ》の発育具合や、ほかの仲間の頭などを見て、それくらいが適当だと自分で判断したのだ。

だが、いきなり来年という言葉が出てきたので驚いたのである。

「なに？　元服するのが嫌なの？」

「い、嫌じゃないけど、急に言うから」

そうなったら、いよいよここを出て武者修行の旅である。夏之助はそう決めている。無理やり元服なんてことをしたら、息子がいなくなるのが早まるだけだというのに気がつかないらしい。

だが、いまはもう十一月も末である。あと少しではないか。

まさか来年とは思わなかった。武者修行に出るには、ちょっと剣術の腕が覚束《おぼつか》ない気がする。

「元服したら大人だよ。早苗さん連れてそこらをうろうろしてたら変だよ」

「また、それかよ」

ムカムカしながら部屋に入った。

思い切り横になると、たもとでがちゃっと音がした。皿を入れたのを忘れていた。

取り出して、畳の上で割れ目を合わせた。ほとんどぴたりとくっつく。こんなにきれいに割れるなんて、やはりばったものに違いない。

割れ目を合わせた皿をじいっと見た。

犬が描いてある。白い犬だけど、痩《や》せて、汚れている。腹が空《す》いているのか、見ていると足元がふらついているように思えてきた。

その犬の足元に、数が書いてある。一九。

ぜんぶで十一枚だったけど、ほんとは十九枚なのか。あるいはもっとあって、十九枚目なのか。

いや、確かほかのにも一九と入っていたような気がする。

――そういえば、十返舎一九《じっぺんしゃいっく》という戯作者《げさくしゃ》がいたっけ。と、夏之助は思い出した。『東海道中膝栗毛《ひざくりげ》』を書いた人。だが、もう亡くなっているはずである。

あの十返舎一九だったりしたら、それは価値があるかもしれない。

「それにしても、きったない犬だな」

と、つぶやいた。せっかく皿に描くなら、もう少しかわいい犬にすればいいではないか。

だが、猫のほうも汚かったような気がする。白い猫だが、毛は汚れ、ばさばさした感じで、鈴などもつけていなかった。

おそらく、これは野良犬という意匠なのだ。猫は野良猫。

ほかに、どんな絵があったか、夏之助は思い出してみることにした。

猪《いのしし》を思い出した。十二支と思ったのは、猪があったからだった。

ほうきの絵もあった。皿にほうきの絵は変だろうと思ったのだ。

茄子があった。のこぎりがあった。

目をつむり、あのときの手元を頭に思い浮かべる。

鴉《からす》がいた。ほかにも生きものはいた。鶏だ。

これで、いくつになった？

野良犬、野良猫、猪、ほうき、茄子、のこぎり、鴉、鶏。八つ。忘れないよう、机の上の紙に書いた。

あと三枚である。

だが、いくら考えても思い出さない。

――早苗だったら覚えているんだろうな。

と、夏之助は思った。


昨夜は寝不足だったので、少しうとうとした。

それから、やっぱり気になるので、もう一度、杉森稲荷に行ってみることにした。

あの女の人はもう一度、引き返した気がする。

すでに夕方で、昼間よりはちょっと人出が少なくなっていた。夜になると、また増えるのかもしれない。

「おじさん」

「おう、昨日の坊ちゃんかい」

「あの絵皿を買った女の人、また来なかったですか？」

「やっぱり。それで、なにか言ってました？」

「あと二枚、なかったかって」

「あと、二枚？　ぜんぶで十二枚なんだ」

「一枚は割れたって言ったよ」

「がっかりしてましたか？」

「いや、そうでもなかったな」

「そうでもなかったんですか」

それは意外である。

ということは、それほど高価なものではなかったのか。

「ただ、なにが描いてあったか、覚えていないかって訊いてたよ」

「教えたんですか？」

「ああ。犬だった気がするってな」

「もう一枚はどうしたんでしょうね？」

「それがさ、あとになって思い出したんだが、あんたたちが来る少し前に、若い娘が買っていったのさ」

「来たよ」

「どんな柄でした？」

「なんだったかな。見たことないような生きものだった気がしたなあ。あ、そういえば、その娘は子どものとき、見世物で見たとか言ってたっけ」

「子どものとき、見世物で」

なんとなく思い当たるものがある。柳瀬家の洋二郎が話していた。

「その生きもの、何色でした？」

「色？　茶色だったような気がするね」

「ははあ」

やはりそんな気がする。

「なんなんだろうな、あの皿。おれも気になって訊いたら、宝探しに必要なんだって言ってたが、本気か冗談かはわからねえな」

「宝探し！」

思いがけず、面白いことになって来た。

夜――。
晩ご飯の席に、早めにもどった父親の清兵衛も座った。

一合だけの晩酌をやりながら、

「どうだった、試験は？」

すぐに訊いた。

「よくない」

夏之助は、短く答えた。どうして訊くのだろう。よければ自分から言うに決まっている。

「それはそうだな」

また言われるのかと、身を硬くした。

「もう、早苗さんともうろうろしないって」

母親がわきから言った。

「しつこいな」

「母に向かってしつこいとはなんだ」

「何回も言うからさ」

「まあ、成績がわかってからだな」

年末には成績表も渡される。その前に武者修行に出るかもしれない。

成績のいいやつは、試験のあとも楽しみなのだろう。だが、世の中にはこうして、うんざりするほどいたたまれない夜を過ごす子どももいるということを、学問所の先生たちは考えているのだろうか。

味のしなくなったご飯をうつむいて食べていると、

「夏之助はいますか?」

外で声がした。

聞き覚えのある声である。

「誰か来たみたいよ」

「ああ」

外に出た。

門の外に三人の影がある。近づいて愕然《がくぜん》とした。いなくなったはずの江藤信輔がいた。聞き覚えがあると思ったのは、江藤の声だったからだ。

「よう」

江藤は笑って言った。

「ああ」

「また、八丁堀に帰って来ることになったんだ」

「そうなの」

「生憎《あいにく》だったな」

「そんなことはないよ」

「ただ、名前が変わったんだ。児玉《こだま》って名前だ。児玉信輔というんだ。家は八丁堀、ここからそう遠くない。お前とはこの先もずうっと付き合うことになりそうだからな、挨拶《あいさつ》に来たってわけだ」

「……」

なんと言っていいのかわからない。いなくなったと思っていた嫌なやつが帰って来た。もちろん嬉しいわけはないが、そうとは言えない。

夏之助が黙っていると、児玉信輔と田崎雄三郎、正木禅吾の三人はにやにや笑い出し、

「じゃあな」

児玉が夏之助の肩を叩《たた》いて、それから三人は肩を並べて帰って行った。

あの三人は皆、すでに前髪を切っていることに、夏之助はいま気がついた。

四

「昨夜、江藤が来たんだ」

と、牛添菊馬《うしぞえきくま》がそばに来て、泣きそうな顔で言った。

船松町《ふなまつちょう》の渡辺市右衛門一刀流道場で、夏之助はいま来たばかりである。牛添は、一足先に来ていた。

「ああ」

「伊岡のところにも来たのか？」

「来たよ」

「あいつ、前よりも怖くなってただろう？」

「……」

そうかもしれない。なんとなく居直ったような、ふてぶてしい感じがあった。それは、やけに大人びても見えた。

「まいったよ」

「なにか言われたのか？」

「うん。おれの仲間になれって」

「仲間に？」

「そうしたら、おれもお前を苛《いじ》めたりはしないし、ずっと面倒を見てやるからって」

「なんか、嫌な言い方だよな、面倒見てやるって」

「そうか？」

「要するに、子分になれってことじゃないか」

「夏之助は言われなかったのか？」

「言われないよ」

「がっかりだよ。二人になって苛められることもなくなったとホッとしてたのに。おいら、この道場、辞めようかなあ」

「それも手だな」

と、夏之助はうなずいた。

「でも、田島松太郎に言ったら、そんなんじゃ、次の道場に行ったたって、また別のやつに苛められるぞって言われたんだ」

田島松太郎も、牛添ほどではないが、三人によく苛められている。

「だったら、剣術道場なんかやめちゃえばいいんだ。剣術なんか、一人で稽古《けいこ》したほうが強くなるかもしれないぞ」

ときどき、ほんとにそんな気もする。

山奥にこもり、毎日、真剣を一万回振りつづけ、山を下りたときには日本一の剣豪になっているかもしれない。

「なんか、最近、ついてないよ」

牛添が言った。

「おいらもだよ」

夏之助もため息をついた。

稽古が終わり、ちらりと女の薙刀《なぎなた》の道場のほうを見たが、早苗の姿は見えない。

海沿いの道をゆっくり帰ったが、どこにも早苗は待ち伏せしていない。

あの宝探しの話をすれば、早苗もぜったい興味を示すはずなのである。だが、昨日、母親にあんなことを言われ、隣を訪ねるわけにはいかない。

家に帰り、箱に入れておいた皿を取り出した。

若い女の人が買っていったのは、たぶん駱駝《らくだ》だと思う。馬に似ているが、背中にコブがあるのだ。
いままでわかったものをひとつひとつ夏之助は紙に書いて並べてみた。
野良犬
野良猫
猪
ほうき
茄子
のこぎり
鴉
鶏
駱駝
あと三枚はまだわからない。
だが、これに宝探しの手がかりが隠れているのだ。
――これって、しりとりじゃないよな？
最後の言葉を拾って、なにかにくっつけようとしてもくっつかない。野良犬の「ぬ」がつく言葉もないし、野良猫の「こ」もない。あと三枚がわからなくても、しりとりができないのは明らかなのだ。

ぜんぶ平仮名にしてみようか。漢字の下に書いた。

のらいぬ
のらねこ
いのしし
ほうき
なす
のこぎり
からす
にわとり
らくだ

じいっと眺めているうちに、〈の〉が頭につくものが三つもあることに気づいた。

もしかしたら、いちばん上の文字だけを使うのかもしれない。そうすると、なんとかの、なんとかの、どこどこ、というふうになるのではないか。

いかにも宝の隠し場所を示すようになる。

そのころ――。

柳瀬早苗は、やはり皿のことが気になっていた。

割れた皿を夏之助はもらって来たのだろうか。だったら、なぜ、届けて来ないのだろう。といって、こっちから取りに行くのも嫌である。

――どうして、ちゃんと謝って来ないのだろう。

もしかしたら、もう、仲良くする気はないのかもしれない。成績が悪かったのに落胆し、これからは学問に励もうと思ったのかもしれない。

昼ご飯をすませ、部屋で裁縫に取りかかった。

針を動かしながらも、ずっと皿のことを考えた。絵は、いかにも野良っぽい犬だった。

――あと、ほかにどんな絵があったっけ……。

やはり野良っぽい猫もいたし、鴉もいた。それに猪も。

食べものは山芋みたいなやつをおろし金でおろしていたのは、緑色だったからわさびだったのではないか。

茄子もあった。

四角いのと三角のが串に刺してあって、味噌《みそ》だれみたいなものがついていた。あれはたぶんこんにゃくだった。

それと男の人が二人で喧嘩《けんか》をしている絵もあったし、ほうきの絵もあった。

これ以上は思い出せない。

障子戸の向こうに影が見えた。大きな影である。南向きの部屋だが、今日は陽《ひ》があまり当たらず寒い。戸を開けたくはなかったので、

「なに、洋二郎叔父さん」

と、中から訊いた。

「ちょっと、ちょっと」

「なあに？」

「庭に来てくれ」

「まったくもう」

仕方がないので、障子戸を開けて庭に降りた。

「これ、預かったのさ」

「ああ」

誰からかはすぐにわかる。「早苗さま」という表書きの下手なこと。

「喧嘩でもした？」

「わたしは悪くないの」

そう言って、夏之助からの手紙を開けた。

「これは宝探しらしい。皿の絵はぜんぶで十二枚。一枚はほかの人が買っていって、それはらくだだった。おいらが思い出したのは、のらいぬ、のらねこ、いのしし、ほうき、なす、のこぎり、からす、にわとりの九枚。あと三つわかるかい」

やっぱり夏之助も気になって調べているのだ。

詫《わ》びの言葉が一言もないのはどういうのだろう。

——教えるのをやめようか。

とも思った。だが、宝探しというのは気になる。大判小判ざっくざくの宝を見つけて、心ゆくまで買いものをしてみたい。

「待って、いま、書くから」

夏之助が思い出せないもので、早苗が思い出したのは、わさびと、こんにゃくと、けんかの三つである。

それをすばやく紙に書いた。

「なにか言うことない？」

「あたしから？　ありません」

ぴしゃりと言った。

洋二郎はそれを持って、門のほうに行く。どうやら外で待っているらしい。

塀のこっちに隠れながら、二人の話を聞いた。

「早苗、まだ怒ってましたか？」

「ああ。あれは相当なものだね」

「まったく、子どもみたいなやつだなあ」

この夏之助の台詞に早苗はかちんときた。

「もう、許さないから。ぷん」

「それより、洋二郎さん、あっちのほうはうまく進んでますか？」

と、夏之助は訊いた。

「それがどうも難しくてな」

洋二郎は、離れのほうを見て、

「ここではなんだから、ぽん太のところで茶でも出してもらうか」

「はあ」

「若葉ちゃんの婿が苦手でな」

どうやら右京がもうもどっているらしい。

芸者のぽん太の家は八丁堀の中の町人地にある。長屋の一室で、洋二郎が言うには、

「芸者のわりに、きちんと暮らしているんだぜ」

ということだった。夏之助は何度か訪ねたこともある。

「よう」

「あら、洋二郎さんに夏之助ちゃん」

「はあ」

元服もしてないのだから、「ちゃん」呼ばわりも仕方がない。

「早苗ちゃんは？」

「今日は別です」

「ふうん」

ぽん太は化粧を始めたところだった。

白粉《おしろい》を塗るところを初めて見た。大きな筆に白粉をたっぷりまぶし、まずは額に横一文字。頬、顎《あご》と引き、それから伸ばしていく。

「そんなにびっくりした顔しないで」

「洋二郎さん、あたし、できないから、自分でお茶入れて」

「あ、ごめんなさい」

「ああ、わかってるよ」

「お饅頭《まんじゅう》あるわよ。食べて」

「それはありがたい」

すべて洋二郎が整えてくれて、お茶をすすった。

「それで、さっきの話だがな。動きにくいんだ。肝心なところは南のほうが担当している。しかも、山崎が死んでしまっただろう」

「はい」

「いままで調べたことも皆、わからなくなっているらしい」

「青洲屋はどうなんですか？」

「あそこもなかなかぼろを出さないのさ。しかも、幕閣あたりまで食い込んでいるみたいで、おいらたちにも突っ込みにくいところなのさ」

「じゃあ、うやむやになってしまうんですか。おいらと早苗が殺されそうになったことも？」

「いや、もちろんうやむやになんかしない。南の丹波さまも、その件については、とことん追及すると言っているみたいだし。なにせ、丹波さまにとっては、義理の姪《めい》っ子になったわけだしな」

「え、早苗は姪になるんですか？」

「あれ、違うか？　倅《せがれ》の義理の妹だろ。義理の子ども？」

「子ども？」

「あ、わからん」

夏之助もわからない。

「それは、ただの親戚でいいんじゃないの？」

目の周りを描きながら、ぽん太が言った。

「でも、丹波さまは大丈夫なんですか？」

夏之助が訊いた。

「右京さんはともかく、丹波さまは評判がいいんだよ。頭も切れるし、とにかく部下のことはとことん面倒を見るらしいな」

「面倒を見る……」

また、気に入らない言葉が出てきた。

「南町奉行は丹波さまがいるおかげで、北より三割方、仕事が楽だなどと言われているらしい。うちの兄貴も顔負けなのさ」

「そうなんですか」

やはりこの調子だと、本当の敵にはたどり着けないかもしれない。

ぽん太の顔ができ上がっていた。どう見ても二つ目小僧である。

五

洋二郎はまだしばらくぽん太の家にいるというので、夏之助は家にはもどらず、鉄砲洲《てっぽうず》稲荷の境内で考えに熱中することにした。
早苗が教えてくれた分で、これで皿の絵はぜんぶわかったわけである。
のらいぬ
のらねこ
いのしし
ほうき
なす
のこぎり

からす
にわとり
らくだ
これに、早苗が思い出したものを加える。
わさび
こんにゃく
けんか
夏之助はしばらくじいっと見ていたが、
「わかったぞ」
と、手を叩いた。
謎が解けたからには、あの女の人を探すべきか。
それは余計なおせっかいだろうか。
早苗がいっしょだったら、間違いなく二人であの女の人を探したはずである。
二人でいると、いかに余計なおせっかいをしていたのかとも思う。
——やっぱり探してみよう。
夏之助はいったん家に帰ると、そうっとあの皿をたもとに入れ、それから杉森稲荷のほうに向かった。

今日も縁日はやっている。

「なんだ、また来たのかい？」

店のおやじは煙草《タバコ》を吹かしながら笑った。

「もう、あの女の人、来てませんよね」

「来ないね」

「一度、もどって来たとき、最初に買った皿を持ってましたか？」

「いや、持ってなかったよ」

「どうも、ありがとうございました」

「坊ちゃん」

後ろから呼ばれた。

「え？」

「あの娘さんとはまだ喧嘩？」

からかうように訊いた。

夏之助は答えずに歩き出した。

皿を置いてすぐもどって来たということは、そう遠くに住んでいるわけではない。

身なりからして裏店《うらだな》住まいではない。表通りの内儀さんだろう。それならこのあたりの通りを歩いているうち、見かけるかもしれない。

顔を思い出そうとした。

見たのはほとんど横顔だった。前から見ると、どういう顔だったかわからない。いちいち横に回って見なければならない。

——弱ったな。

このあたりは、東と西に堀留《ほりどめ》川という二本の運河があり、荷舟が始終やって来る。それほど大きな問屋や店が多い。

〈瀬戸物〉とあった看板を外しているのが見えた。近づいて眺める。どうやら、瀬戸物屋をやめて、あらたに金物屋を始めるらしい。

「瀬戸物屋をやめたの？」

そばに立っていた小僧に訊いた。背丈は夏之助と同じくらいである。

「そう。割れものはやめて、割れないものを扱うことにしたんだ。それにここらは瀬戸物屋だらけで、金物屋がないからね」

口ぶりは夏之助よりずっとしっかりしている。

「だったら、前に売っていた瀬戸物は？」

「それはぜんぶ叩き売ったさ。いいものは近所の瀬戸物屋に買い取ってもらい、安物はばったものだよ」

「ふうん」

ずいぶんたくさんの瀬戸物が出たのだろう。そんなとき、あれを間違えて売り払ったのかもしれない。

中で内儀さんらしき人が、手代と話をしていた。

横顔があのときの女の人に似ている。

話が終わるのを見計らい、夏之助は店に足を入れた。

「あのう、内儀さんですか？」

「そうよ」

「ええと、あのう」

早苗がいないとうまく話せない。いままで、面倒な話は早苗がうまく整理して話してくれていたのだろう。

「なに？」

「おいら、杉森稲荷の縁日で野良犬の絵の皿を買ったんですよ」

「あら、そうなの」

「宝探ししているって聞いて」

「あ、あたし、しゃべっちゃったかしら」

「ええ」

「でも、いい加減な話なのよ。このあいだ亡くなったうちのおとっつぁんが、戯作者の友だちに洒落《しゃれ》のきいたことがしたいとか言ったらしくて、家の宝を隠そうという話になったらしいの」

「はあ」

「それで、宝物を隠し、戯作者の友だちに絵を頼み、あたしたちには絵皿に隠し場所を示したと言ってたの」

「へえ」

「でも、うち、瀬戸物屋をやめることになり、ぜんぶばった売りしてる人に引き取ってもらったわけ。そのあとで絵皿のことを思い出して、引き取ってもらった人に訊いたら、いまは杉森稲荷の縁日に出したって言うから、急いで駆けつけたってわけ」

　そこらは想像したとおりだった。

「じゃあ、宝物は見つかったんですね？」

「ううん。なんのことかさっぱりわからないもの」

「十返舎一九が考えた謎なんですか？」

「ああ、あの名前ね。あれは、初代の一九じゃないのよ。二代目の一九なの」

「二代目なんかいるんですか？」

「三代目もいるらしいわよ」

「じゃあ、お皿の価値は初代の一九ほどではないですね」

「ぜんぜんたいしたことないわよ。でも、あそこで売られていた値よりはするでしょうけどね」

内儀さんはそう言って笑った。十枚三百文はほんとに安い買い物だったのだろう。

「では、その二代目の一九さんに訊いてわかったんですね？」

「ううん。駄目だった。一九さんには訊いたわよ、昨夜。でも、おとっつぁんにこれを描いてくれと頼まれて描いただけで、なにも知らないんですって」

「そうなのですか」

「宝が知りたかったの？」

「いえ、おいら、謎が解けたので、教えたほうがいいかなと思って」

「謎が解けたって、あなたが解いたの？」

内儀さんは目を丸くした。

「はい」

内儀さんは帳場のほうに声をかけた。

「お前さん、この武家の坊ちゃんがあれの謎を解いたってさ」

「ほんとかい？」

あるじが出て来て、夏之助を見ると、また目を丸くした。

奥の座敷に入れられ、

「さあ、教えておくれ」

内儀さんがお茶を出してくれた。

夏之助は紙を取り出し、

「あの皿を見せてもらえませんか？　おいらが覚えていたのと同じかどうか確かめたいので」

「はい、これよ」

すぐに持ってきた。

間違いなかった。絵も覚えていたとおりである。

「これをどうやって解いたんだい？」

と、主人が訊いた。

「絵を言葉に直しました」

「ああ、それはわたしたちもやってみたよ」

「どんなふうに直しました？」

夏之助は訊いた。直し方次第で、答えは出てこなくなる。

「こうだよ」

と、紙を見せてくれた。

「ははあ」

これでは絶対にわからない。並んでいたのはこれらの文字である。

ねこ

やまいも

おでん

なす

からす

にわとり

なぐる
らくだ
のこぎり
ほうき
いのしし
いぬ

こんにゃくはおでんになっている。

けんかがなぐるだし、わさびに至ってはやまいもの始末である。

だが、笑ったりしたら失礼というものだろう。

「いいところまでは行っているんですよ」

「そうかい」

「ただ、犬と猫は、どっちも薄汚れて痩せこけてますよね。だから、野良犬と野良猫だと思うんです」

「なるほど」

「おでんというのはこんにゃく、なぐるというのが喧嘩、やまいもではなくわさび。こういうふうに読むんです」

「ほほう」

「それで、いちばん上の文字を見ました。カルタなんかでも、いちばん上の文字を読むようになってますからね。すると、〈の〉という字が三つありますよね」

「あるわね」

「おいらは、これはなんとかの、なんとかの、というように使う〈の〉かなって思ったんです」

「なるほど」

「それで、いろいろ文字の順番を変えてみました。すると、一つには、にわの、とできるんです」

「庭の、ね。庭、あるわよ、うち」

内儀さんが言った。

「いけの、もできます」

「池もある」

「ほこらの、です」

「祠《ほこら》あるよ！」

「あとは二つだけ。〈な〉と〈か〉です」

「中か」

「ぜんぶ足すと、庭の池の祠の中」

「うわぁ、凄い！」

内儀さんが大声を上げた。

「おい、行ってみよう」

主人は勢いよく立ち上がり、

「坊ちゃんもおいで」

と、声をかけた。

三人で中庭に行くと、池があり、確かに中に岩の小島があって、石の祠も載っている。

主人が着物をまくり上げ、じゃぶじゃぶと中に入った。意外に深く、腿《もも》の半ばあたりまで浸《つ》かった。

「おっ。屋根が開くぞ」

屋根をどかし、中に手を入れて、箱を取り出した。

桐の箱で、上書きなどが書いてあるのも見えた。

主人はその箱を持って、こっちに来た。縁側に腰かけ、中を開けた。

茶碗である。

「これは……」

「なに?」

「井戸の茶碗だよ」

主人がかすれた声で言い、

「なに、それ?」

内儀さんが訊いた。

「茶の湯で珍重されているもので、一つ二百両とか三百両もするものなんだ。そういえば、おやじは一時期、茶の湯に凝《こ》ったことがあったっけ」

「まあ。宝物というのはほんとだったのね」

内儀さんは井戸の茶碗をそっと持ち上げた。

六

柳瀬洋二郎は、ぽん太からもらった紙を睨《にら》んでいた。

「まさかそれに浜代ちゃんを殺した人が載っているわけじゃないよね?」

ぽん太が、目元を黒く塗りながら訊いた。これがぽん太の厚化粧の最後の仕上げである。一部に不評のぽん太の化粧は、若い芸者には評判がよく、化粧法を伝授してくれという依頼も少なくない。浜代もそんな一人で、化粧法も含めたぽん太の芸者としての生き方も好きだと言ってくれていた。

「殺したやつは載っていなくても、殺された理由はわかるかもしれないのさ」

「そうなの」

「それより、あんた、こういうことしているのを誰にも気づかれちゃいないだろうな？」

「それは大丈夫。ほんとに気をつけてやったんだから」

「もう、なにもしなくていいからな。この下手人というのは恐ろしく知恵の回るやつみたいだから」

「わかった。でも、浜代ちゃんの仇は討ってあげてね」

洋二郎が見ているのは、浜代のいた置屋の大福帳の写しだった。浜代について調べようとすると、ほうぼうで「南の同心さまから口止めされてますので」という答えが返ってきていた。それで、ぽん太に頼んでおいたのである。「浜代の殺される前に出ていたお座敷を調べてくれ」と。

浜代はまだ十九と若く、決まった男はいなかった。売れっ子芸者になるのが夢で、お座敷をいくつも掛け持ちしたりしていた。よそで遊ぶ暇はなく、殺された理由もお座敷にあったに違いないのだ。

書いてあるのは、料亭の名前と浜代を呼んだ客の名前である。

料亭のほとんどは日本橋界隈だが、いくつか深川の有名な料亭も混じっている。これは酔狂《すいきょう》な客が、日本橋の売れっ子芸者である浜代を深川に連れていき、芸を競わせたりして遊んだのだ。

この遊びは、日本橋から深川だからできるのである。深川というところはよく言えばおおらか、悪く言えばいい加減で、よその芸者が遊びに来ても迎え入れてくれる。逆に、深川芸者が日本橋に来たりすると、「川向こうからなにしに来たの？」と険悪な雰囲気になってしまう。

——ん？

浜代は深川の油堀《あぶらぼり》で身投げをしたとされている。もちろん、そんなわけはない。その前に入ったお座敷は、深川の料亭〈みずの〉である。ここは油堀沿いにある小さな料亭だが、通人《つうじん》に喜ばれるところとして有名なのだ。それはいいが、呼んだ客は越前屋《えちぜんや》となっていた。

越前屋といえば、江戸の者なら誰しも、室町《むろまち》にある呉服屋を思い浮かべる。ただ、越前屋などという名前はそこだけではない。越後屋《えちご》、伊勢屋《いせ》、上州《じょうしゅう》屋、小田原《おだわら》屋などといった地名を屋号にした店は数え切れないくらいである。

「なあ、ぽん太。浜代が室町の越前屋に可愛がられていたなんて話は聞いてないよな？」

「あ、聞いた。浜代ちゃん、喜んでたよ。室町の越前屋さんの若旦那から声がかかったって」

「なじみになったとか？」

「それはどうかね。なんせ遊び人で知られる越前屋の若旦那だもの。ここんとこ売れてきている浜代ちゃんだから、いちおう声をかけてみたってところじゃないの」

ぽん太は嫌な顔をして言った。

「なんだ、あんたには声がかからないからむかついてるのか？」

「かかったことはあるわよ。でも、一目見て、あんたは早めに帰っていいって言われたのよ。夢に出てきそうだからって。ほんと、失礼なやつだったよ」

ぽん太は大きく描いた目を吊り上げた。越前屋の若旦那は正直過ぎる人みたいだった。

ぽん太の剣幕を逃れて、洋二郎は考えごとをしながら北町奉行所の近くに向かった。

なじみの料亭に入り、奉行所の柳瀬宋右衛門に連絡を入れてもらった。急ぎの用があるときはいつもこうしている。

半刻（一時間）ほどして宋右衛門がやって来た。

「なにか、わかったか？」

宋右衛門はすぐに訊いた。

洋二郎はいま、いくつもの件で動いている。

この数年でのし上がってきた青洲屋について。

飛び込んで死んだとされている芸者の浜代の本当の死因。

煎餅屋の猪之吉が川から落とされたと思われる件。

十五年前の木戸家のかどわかし。

そして、早苗と夏之助が、南の同心である山崎半太郎に襲われた件。

これらはどれも、青洲屋という存在と微妙に関わっているらしい。だが、はっきりした証拠に乏しく、いまのところぼんやりした疑惑の中にとどまっていた。

「どれも、ある程度のところに行くと、急に手がかりが途切れるんです。ただ、浜代のお座敷を調べていたら、殺される前に入ったのが越前屋の座敷だったらしいんです」

「越前屋というのは室町の？」

宋右衛門も訊いた。誰もがそう訊くはずである。

「おそらく。ただ、ここはあまりにも大物でしょう。青洲屋どころじゃない。それこそ幕閣、大名、そこらあたりまでつながってきますよ。それで、突っ込んでもいいものか、いちおうお伺いを立てようかと思いましてね」

「越前屋か」

宋右衛門もさすがにうかつなことはできないのだ。

「やめときます？」

「いや、越前屋はたしか、丹波美濃助どのが親しかったはずだ」

「丹波さまが？」

「ごたごたしたとき、口を利いてもらえるかもしれぬ」

「兄貴」

洋二郎は言いにくそうな顔をした。

「なんだ？」

「丹波さまこそ大丈夫なのでしょうね。山崎半太郎も、このあいだよくわからない理由で腹を切った江藤欽吾郎も、南の同心ですよ。丹波さまの配下でしょうよ」

洋二郎は小声で言った。

「うむ。だが、それを言えば、南の同心は誰もが丹波どのの配下になってしまう。あの方の信頼の厚さといったら、それはたいしたものでな」

「そうみたいですね」

「顔は広い。越前屋などの豪商とも付き合いがある。だが、あの人が金にきれいなことは疑いようがない。袖の下などもいっさい受け取っていない。同じ八丁堀だ。暮らし向きなどもよくわかっている。贅沢などもしない。このあいだの若葉の結納《ゆいのう》にしても、じつに質素なもの。右京にしても、子どものころから贅沢などほとんどさせてもらったことがないと言っておった」

「そうですか」

「金をかけても怒られないのは刀と馬だけ。料亭遊びなどもしたことがないらしいぞ」

「そうなので」

洋二郎は耳が痛い。十七、八で料亭遊びに嵌《は》まって散財した。もっとも、宋右衛門はうるさく叱るようなことはなかったが。

「しかも、親戚になってしまった」

「そりゃあ、まあね」

「だが、それとこれは別だ」

宋右衛門は言った。

「そうこなくちゃ」

「丹波どのの人脈については、おれのほうで探ってみるよ」

そう言って、忙しそうに席を立って行った。


夏之助が中庭から元の部屋にもどって来ると、

「お礼をあげなくちゃね」

内儀さんは言った。

「いりませんよ、そんなもの」

慌てて手を横に振った。お礼が欲しくて考えたわけではない。ただ、謎があると解きたくなるだけなのだ。

「そんなこと言わずに。あんなお宝を見つけてくれたんだから。欲しいものがなければ、お金にしちゃうわよ」

「じゃあ、あの皿、何枚かもらえたら嬉しいです。一枚、割ってしまって、それを買うことになったものですから」

「あんなものでいいの？　ぜんぶ持ってっていいわよ」

「ほんとですか。でも、これも値うちものかもしれませんよ」

「それはぜったい大丈夫。絵を描いた本人も言ってたから。焼いた窯元は仕事が悪くてつぶれてしまったって」

「では、喜んで頂戴します」

と、頭を下げた。さぞかし早苗は喜ぶだろう。

夏之助は柳瀬家の前に来て、門の中をのぞいた。

ちょうど若葉が出てきた。若葉はついこの前とまるで雰囲気が違う。大人びているし、落ち着いてもいるし、なによりますますきれいになっていた。

「早苗？」

「はい」

「いま、機嫌が悪いわよ」

「そうですか」

それは予想していた。この皿を届けるだけでもいい。

「夏之助さんも、そろそろ元服でしょう?」

「えっ?」

「違うの?　元服しないの?」

「いや、します」

まさか母親がなにか言ったのだろうか。この前、若葉の祝言のとき手伝いに来ていたから、余計なことを言ったかもしれない。

「あんまり早苗ともうろうろしないほうがいいと思う。世間の人ってけっこう見てるよ。南町奉行所でも評判だって」

若葉の声は冷たい。

なんて答えたらいいかわからず、夏之助は手元を見た。いちばん上に壊れた野良犬の皿を載せていた。

縁起物が割れたのだ。急に切ない気持ちがこみ上げてきた。本当に自分の暮らしの中で、なにかが壊れたのかもしれなかった。

第四章　二人の夢

一

「寒くはないか？」

火鉢に炭を足しながら、丹波美濃助はおちさに訊《き》いた。

朝からしんしんと冷え込んでいる。雲は低く、この冬最初の雪が降り出すかもしれない。

「あたしは布団《ふとん》の中だもの、大丈夫ですよ。それにしても冷えますね」

「もう師走《しわす》だからな」

「丹波さまもお忙しいのでしょう？」

「そうだな」

「あまり無理はなさらずに」

「だが、人生は短い。わしらはいろんなことを急いでやらなければならない」

「短いのはわたしだけですよ」

「そんなことはない。わしだって、残りはたかが知れている。与力などというのは、これ以上の出世はない。しょせん町奉行にはなれぬし、見習いの長男にあとを譲って隠居しなければならないだけだ」

「そうなのですね」

「そなたにもしものことがあれば、わしもだいぶ気力を衰えさせ、悪事をやる元気も無くなるかもしれぬ」

「……」

「早く夢を実現しよう。二人の夢を」

そう言って、丹波美濃助はおちさの手を取った。

「嬉《うれ》しいです。でも、馬鹿馬鹿しいとは思わないのですか？」

「馬鹿馬鹿しいのかもしれぬ。だが、あのときは本気で誓ったのだ」

「もちろんです」

「若い、愚かな誓いだったかもしれぬ。だからこそ、捨てたくはない」

「ほんと」

二人はしばし黙って、遠い日の風や匂いを思い出すような目をした。

「わしは、あのときああいう誓いをした自分だけが好きなのだ。いまの自分は好きではない。誓いは実現できそうなところまで来ているのにな。なんだろう。おかしな気持ちさ。こういう気持ちというのは、誰もわかってくれぬのかな」

「もしかしたら、あの夏之助さんと早苗ちゃんが大人になったときならわかってくれるのかもしれませんよ」

「ふっふっふ。では、山崎はしくじってよかったのかもしれぬな」

「ほんと。山崎さんのところのご遺族の面倒は大丈夫なのですか?」

「もちろんさ。あいつのところは娘が二人でな、ちゃんと婿を取り、山崎の家を継がせるよう手配も済ませたよ」

「それでは安心でしょう」

「わしは、死んだからといって、裏切るようなことはしない。だから、多くの者がわしを助けてくれるのさ。さあ、おちさも休むがいい。わしは仕事に出かける」

丹波美濃助は、朝、奉行所に出仕する前に立ち寄ったのである。どんなに忙しくても、三日に一度はおちさを見舞っている。

おちさは目をつむった。

眠りに落ちる寸前、おちさはまたあの日のことを思い出していた。

美濃助とおちさが離れ離れになる数日前――。

「おちさ、越前屋に行こう」

と、岩井《いわい》美濃助は言い出したのである。

「越前屋って、まさか室町の？」

室町にある越前屋は、江戸でいちばんの呉服屋である。越前というが出身は違う。元禄《げんろく》のころに伊勢から出て、京、大坂から江戸に進出してきた。両替商も兼ねる代々の五井清左衛門《ごいせいざえもん》は、伝説の紀伊国屋文左衛門《きのくにやぶんざえもん》にも匹敵する豪商である。

「そうだよ。その越前屋さ」

「越前屋へ何しに行くのです？」

「着物をつくりに行く」

「越前屋で着物？」

高いことでも有名である。

「金を貯めたんだ。それで買えるものしかやれないけど」

「嬉しい」

気後れしながら、越前屋の敷居を跨《また》いだ。おちさは、中に入っただけでも足元がふわふわするようで、すごく嬉しかった。

何十人もの番頭や手代が横にずらっと並び、客の相手をしている。美濃助とおちさが中に入ると、土間のところにいるうちに手代が寄って来て、

「なにか?」

と、訊いた。

二人を上から下までさっと見た目つきも覚えている。

「着物をつくりたいんだ」

美濃助は、嬉しそうにおちさを見ながら言った。

「うちじゃなく、よそへ行かれたほうがよろしいですよ」

「いちばん安くてもいいんだ。思い出につくりたいんだよ」

「では、少々お待ちを」

土間に待たせたまま、手代は反物《たんもの》を一つ持ってきた。

「これなら、お安くできますが」

持ってきたのは浴衣地《ゆかたじ》だった。

「着物と言ったはずだぞ」

「では、少々お待ちを」

手代はにやにや笑いながらほかのほうへ行ったが、そのまま帰って来ない。

見ると、遠くで別の客の相手をしていた。

「あいつ……」

美濃助は歩きかけた。殴りつけるかもしれなかった。

「やめて」

「だが、あいつは……」

「いいの。気持ちだけで嬉しいよ。別の店に行こうよ」

おちさは懸命に美濃助の袖を引いた。

美濃助はそれには答えず、

「おちさ、おれは丹波の家に入って、与力になったら、かならずこの越前屋をつぶしてやるぞ」

と、言った。

外に出て、越前屋を改めて見た。間口は何間《けん》あるのか。ほとんど一町まるごと越前屋に見えるほどの大きさである。

「美濃助さま、わたしにも手伝わせて。つぶしましょう、この越前屋を」

二人は憤然として越前屋を出たものだった。

あとになって、同じような体験をした女と大奥で知り合いになった。その女は、「ぜったい越前屋で二、三反まとめ買いできるようになってやると思った」のだという。

だが、おちさはそんなふうには思わなかった。美濃助の言うことに賛同した。越前屋なんかつぶしてやる……。

それから二十何年も経《た》って、おちさはすでに二、三反どころか、荷車いっぱい買えるくらいの身代《しんだい》を築いてから、越前屋の敷居を跨いだことがあった。店に入り、中を見回し、

——こんな店、つぶしてやる……。

と、あらためて思ったのである。

そんなことを思い出しながら、おちさは少しムカムカしつつ、重苦しい眠りに落ち入っていった。

二

「寒いなあ」

伊岡夏之助は、道場からの帰りの道で肩をすぼめながらつぶやいた。道場で竹刀《しない》をふるっているあいだは暖かくなったのだが、すこし汗ばんだのがいけなかったのだろう、外に出たらいっきに寒さが襲ってきた。

「もう師走だからなあ」

これも口に出して言った。しゃべったほうが寒さを忘れるような気がする。なんだってそうかもしれない。しゃべったほうがつらいことや苦しいことを忘れられる。心に溜めると、いつまでも消えない。

後ろを見た。早苗はついて来ていない。早苗が隣にいたら、寒さだってずいぶん違ったものになるのではないか。

もう七、八日、顔を見ていない。

薙刀《なぎなた》のほうの道場に来ているのかどうかもわからない。もともと薙刀に熱心だったわけでもないからこんなものだろう。

——このまま、あまり話もしないようになっていくのだろうか。

そんな話は何度か聞いたことがある。幼なじみで、子どものころはすごく親しかったのが、大人になると道で会っても口もきかなくなると。幼なじみなんてそんなものさ――まるで恥ずかしいもののように言う人もいる。

そう思うと、ひどく寂しい気持ちになってしまう。しかも、そうなったほうが夏之助の両親や早苗の姉の若葉たちは喜ぶのだろう。それは、江藤や田崎たちに意地悪されるより、もっとつらいことのように思えた。

そして、こういうつらい別れや諦めの積み重ねが大人になるということなら、

――大人になんかなりたくないな。

と、思った。だから自分は学業も駄目だし、剣術も弱いのだろうか。ほかの連中みたいに、大人と上手に話したり、屈託なく挨拶したりできないのだろうか。

ふと、夏之助の足が止まった。

家と家のあいだに挟まれた小さな稲荷《いなり》の祠《ほこら》。その前のあたりに目がいったのだ。

――まただ。

小さな団子が供えられていた。

そっとそばに寄って見た。三日前に見たのと同じである。さらに、その二日前にも見た。

団子といっても、本格的に臼に入れて搗《つ》いたようなものではない。ご飯をつぶすように丸めた程度のものである。大きさだって親指の先くらいで、ほんとの団子よ

りはずっと小さい。

それが緑の葉っぱに載せられている。いまどき、そこらの葉っぱは皆、枯れているが、椿《つばき》とか枯れない葉っぱを摘んでくるのかもしれない。

「おい、どうした？」

後ろから声がかかった。

同じ道場仲間の田島松太郎だった。この近くに住んでいて、父親は浪人し、内職で食べている。田島も夏之助や牛添と同じく、江藤や田崎、正木の三人組にいろいろちょっかいを出されるほうである。

「これだよ」

夏之助は団子を指差した。

「団子だろ」

「ああ。でも、お稲荷さまに供えるなら、ふつうはあぶらげじゃないか」

「あぶらげ切らしちゃったんだよ、きっと」

「でも、その前も何度か見たんだよ。これで三度目だぜ」

「ふうん。それが？」

田島松太郎は訊いた。

「え？」

「団子だからってそれがどうした？」

「だって、不思議だろ。お前の長屋でも、黒助さんが厠《かわや》に三度も落ちて不思議だったろう。だから、謎を探ったんじゃないか？」

その謎はすでに解いた。黒助の顔に似合わない、きれいな答えだった。

「厠に三度も落ちるやつと、お稲荷さんに団子を供えるのとじゃ、不思議の度合いが違うよ」

「そうか」

そう言われたらそんな気がする。

だが、早苗がいたら、きっといっしょに考えてくれる。早苗が「そんなのどうでもいい」というようなことを言った覚えは一度もない。

「それに、ここ、ちゃんとあぶらげも供えられてるぜ。別に団子だけってわけじゃない」

「でも、いまはないよな」

「あぶらげは、供えられるとすぐ、そこの婆ちゃんが持っていくのさ」

田島はわきの長屋を指差した。

「どうするんだ？」

「決まってるさ。味噌汁《みそしる》の具にして食ってるよ。早く持っていかないと鴉《からす》に捕られるから、柏手打つ音がすると、さっとのぞいて、すぐ捕りに来るよ。いいか、見ててみな。あそこから婆ちゃんがのぞくから」

田島がそう言って、ぱんぱんと手を叩くと、窓からこっちを見る人影が見えた。子どもだとわかって、「ちっ」と舌打ちする音もした。

「ほんとだ」

「でも、こんな団子じゃ取りには来ない。お供えしても、あの婆ちゃんに持って行かれるのが嫌なだけなんじゃないか」

「そうかぁ」

たしかに納得のいく話ではある。これで解決したのだろうか。

「そんなことより、昨日、牛添が江藤たちと遊んでいたぞ」

田島は顔をしかめて言った。

「牛添が？」

「ああ。あいつ、とうとう子分になったのかもな」

「そりゃあ、ないよ」

仲間になれと誘われたとは言っていた。だが、あんなに意地悪されてきたやつらの子分になろうなんて気持ちは、夏之助には理解できない。

「あいつ、父上は同心さまだろ？」

田島が訊いた。

「うん」

たしか、養生所回りが担当だと聞いたことがある。

「苛《いじ》められたりしないはずだけどな」

それはよく言われる。町方の同心の子は苛められないだろうと。

「そんなのは関係ないさ」

と、夏之助は言った。逆に、世の中には町方の同心なんか嫌いな人はいっぱいいる。そういうところの倅《せがれ》は、同心の子を余計に苛めるものである。

しかも、同じ八丁堀の中でも、苛めた苛められたという話はときどき聞く。逆に、親が文句を言いにくかったりもするし、子どものほうにも見栄があるから、そんな話は言わなかったりするものなのだ。

「あ、噂《うわさ》をすれば影だよ」

田島が小声で言った。

道場の嫌な三人組に牛添を入れた四人が、並んでやって来るところだった。田崎と江藤は大人並に背が高いから、迫力もある。通りをふさぐようにして来るので、ここを通る人がいかにも邪魔だという顔をした。だが、四人は迷惑など気にするふうもなく、大声で笑いながら歩いてきた。

「お、伊岡、最近、いつも一人じゃねえか」

「女好きの伊岡にしてはめずらしいな」

「早苗にふられたのか？」

田崎、江藤、正木の順に言った。牛添はにやにやして横を向いている。

夏之助はなにも言わない。黙って耐えている。

「ここで何してたんだ？」

江藤が夏之助に訊いた。

「いや、別に」

こいつらにお稲荷さまと団子の謎を探っているなどと言っても、首をかしげられるだけだろう。

「腹減って、お供え盗もうってんだろう？」

田崎が意地悪そうに言った。

「違う」

「そういえば腹減ったな。牛添。ここらに煎餅《せんべい》屋はないか？」

江藤に訊かれて、

「あ、ありますね」

牛添が嬉しそうに言った。

「ちっと買って来いよ。ほら、金やるから」

「何枚？」

「四枚だよ。こいつらにやる意味ねえもの」

「じゃあ、行って来るよ」

牛添が走って行った。なんだか嬉しそうで、夏之助は呆《あき》れてしまった。

「あ、鶴谷《つるや》だ」

江藤が小声で言った。

道場の師範代の鶴谷がやって来るところだった。鶴谷は、いったん坊主になったが、剣豪になりたくて還俗《げんぞく》したという変わり種である。強いことは強いらしいが、教え方の特徴はとにかく声が大きいこと。稽古でも、「大声を出せ」がいちばんの教えになっていて、次は「挨拶をちゃんとしろ」である。案の定、今日も、

「よう、お前ら。伊岡と田島を苛めてるんじゃないだろうな？」

と、大きな声をかけてきた。

「そんなガキみたいなこと、するわけないですよ」

江藤が笑って言った。

「そうだよな」

「先生こそ、どこに行くんですか？」

「おれは大人の用事だよ」

「大人のねえ。へっへっへ」

鶴谷と江藤たちはいかにも親しげである。

師範代たちもなんのかんの言って、江藤や田崎たちのほうが好きなのだ。若い力を持て余し、ちょっとは悪さをしたりもするが、徐々に世の中の枠におさまっていく連中。むしろ、夏之助や田島のほうが、変にひねくれたりしていて扱いにくいと、そんなふうに思っているのだろう。

悪いようにはしない、ちゃんと面倒を見てやる、上の言うことを聞くのだったらな——なんだかこの世の人間がそんなふうに順番に並べられ、同じような箱の中におさまるため、長い列をつくっているような気がしてくる。

この世のしくみ。礼儀作法。常識。儒学。孔子《こうし》さま。

そして夏之助はというと――。

誰もいないところで、一人ぽつねんと立ち尽くしている。

三

「ねえねえ、洋二郎おじさん」

近ごろではめずらしく、昼間、家にいた洋二郎に早苗が声をかけた。洋二郎はさっきもどって来て、いまは火鉢の前に座り、自分で淹《い》れた茶でかきもちを食べていた。

そのかきもちの皿をお前も食べろというように差し出しながら、

「おう、どうした?」

「忙しいみたいだね」

「ここんとこ、大変なんだよ。そうそう、さっきは木戸良三郎どのに会ってきたよ」

「そうなの!」

十五年前にかどわかしにあった木戸良三郎。本当なら若葉とお見合いをしていたかもしれない相手。会ったのはひと月とちょっと前だったが、もう懐かしい気さえする。あのあと、いろんなことがありすぎた。

「いいやつだったよ。なんか自然体というか」

「そうでしょ。あの人が若葉姉さんのお婿さんだとよかったんだよ」

「おい、あんまり大きな声で言っちゃ駄目だよ」

洋二郎は人差し指を手に当てた。

「まだ、あのことを調べてくれているんだね？」

夏之助と早苗は青洲屋の庭で同心の山崎半太郎に斬られそうになったというのに、真相はなかなか明らかにならない。このまま闇に葬られてしまうのかと、ときどき不安に思っていた。

「ああ。青洲屋のことを調べていくと、どうしてもあのときの五百両に行くんだよ。お前たち、とんでもない大きな魚を釣っていたのかもな」

当時八歳の木戸良三郎がかどわかされ、深川の万年橋の近くで身代金五百両を奪われた。利用されたのは近くの寺に来ていた大奥代参の行列で、ほかのものの代わりにお女中に五百両を預けてしまった。しかも、葵《あおい》のご紋の威光のため、それを追及することはできなかったのである。

「おちささんが受け取ったこともわかったの？」

「それはまだだがな」

「それじゃあ、まだまだだよね」

調べが難しいのは、早苗にもなんとなくわかるのだ。

「だいたい、大奥の代参が外に洩《も》れていたというのは不思議なんだ」

「それはおちささんが教えたんでしょ」

「誰に？」

「山崎や江藤に」

「二人が下手人か？」

「違うの？」

「山崎や江藤と、そのころ大奥の女中だったおちさがまったく結びつかないんだ」

「もちろん、誰かほかにもいるよ。だって、その人が猪之吉さんを殺したんでしょ」

「そうだよな。お前たちは、どこまで摑《つか》んでいたんだっけ？　あれは聞いてたか？

木戸さまの先代が、向こうに渡す小判に目立たない刻印を押しておいたっててのは？」

「聞いてないよ。そうなの。刻印を押してたんだ」

早苗は嬉しそうに言った。たしかに渡すほうだってなんらかの策は講じたはずである。言われるがまま、「は、どうぞ」と渡す馬鹿はいない。

「いま、それを調べているんだ。十五年前の小判の動きをな」

めずらしく洋二郎の目に強い光が宿った。

「まあ詳しくは言えないんだけどさ、近いうちにでっかい魚を捕まえることになるかもしれないぜ」

「へえ」

「兄貴もああ見えて、けっこう遣《や》り手だからなあ。すっとぼけた顔して、着々と調べを積み重ねていくんだよ」

「父上がね」

家にいるときとはずいぶん違うのだろう。家にいるときの宋右衛門は、おっとりしてなんでも話せる父親である。

「ところで、洋二郎おじさん、ここを出る相談はまとまったの？」

「それはまだなんだ。ぽん太が意外に堅くてさ、そんなふしだらなことはしないほうがいいとか言ってるんだ」

「ぽん太さんのほうが真面目《まじめ》なんだね」

「そうかもな。芸者なんかもっと放埓《ほうらつ》で、だらしないのかと思ってたよ」

洋二郎はまるで悪びれない。

「なんか、毎日が、つまんないよ」

「早苗がつまらないのは、右京さんのせいじゃないだろ？　夏之助と遊ばないからだろうが」

「だって、夏之助さんが遊びたくないからだよ」

「そうかなあ。あいつも退屈そうにそこらをうろうろしているぞ」

たしかに、ときどきこの前を通り、こっちをちらちら見ていたりする。

だが、夜になっても、たまの鳴き真似《まね》はまるで聞こえてこない。聞こえたら、いちおう出ていくつもりだし、この前のことを謝ってくれたら許してあげるつもりなのに。

「なんか面白いことあったみたい？」

「うん。さっき会ったら、お稲荷さまにお団子なんかあげますかね、とか言ってたぞ」

「お稲荷さまにお団子？　あぶらげじゃなくて？　なに、それ？　どこの？」

矢継ぎ早に訊いた。

「おれは知らないよ。夏之助に訊いてみな」

洋二郎はそう言って、からかうようににやりと笑った。

夏之助は学問所から帰ると、急いで昼ご飯を食べ、剣術の防具を担いで道場に向かう。両方ある日は忙しいのだ。

しかもこのところは、学問所を無断で休んだりもせず、真面目に通っている。落第しないための追加の試験も受けることになった。

道場へ行く前に、例のお稲荷さんを見た。

今日も祠の前には葉っぱに載った団子が供えられている。ただ、今日のはいつもよりずいぶん大きい。

——あれ？

あんなに大きな団子なら、婆ちゃんが取っていくような気がする。

近づいてみると、団子ではなく、なんと丸い石ではないか。

——もしかしたら、今日はご飯がないのかもしれない。

そんなことだってあるような気がした。

道場に着いて、防具をつけていると、田島松太郎がそばに来て、

「おいら、見たぜ」

と、嬉しそうに言った。頰が赤く、目がきらきらしている。

「なにを?」

「ほら、お前が興味持ったやつ。お稲荷さんのお供え団子」

「ああ、うん」

「団子を持ってきていた子は、若い娘だった。知ってたか?」

「いや、まったく知らない」

「おいらたちと同じくらい。十四、五」

「大人じゃないのか」

夏之助は、なんとなくお婆さんがしている光景を想像していた。身寄りのない、でも、しっかりと生きているお婆さん。

「びっくりするくらいかわいい娘だぞ」

「武家の娘かい?」

「いや。町人だよ。ざっくばらんな感じさ。おれはちょうどあの前を通ったときだ

ったので、団子を置いた娘に訊いたよ。なんで団子なんて供えているんだい？　お稲荷さまにはあぶらげをあげるんだろ？　って」

「そうしたら、なんと答えた？」

「団子なんて供えていないわって」

田島は口真似みたいな調子で言った。もし、本当にそんな調子で言ったなら、かわいらしい話し方である。

「えっ、でも……」

「ああ、おいらも言ったよ。おいらはここの近くの者で、いままで何度も団子を見つけたぞって」

「それでなんて言った？」

「あんたの勘違い。お生憎《あいにく》さまって」

また口真似で言った。

「勘違い？　お生憎さま？」

どういう意味だろう？　あれは団子ではないのか？　お供えでもないのか？

「ふざけてるだろ？　でも、けっして、つんつんしてるわけじゃないんだ」

「あ、そういえば、さっき供えてあったのは、団子のように見えたけど、丸い石ころだった」

「え、あれ、石だったの？　じゃあ、そのことを言ってるのか？」

「わからないけどな」

たしかに今日に限れば、団子なんか供えていないと言っても嘘ではない。だが、いままでの分はなんなのか。なにが勘違いなのか。

「おれもその謎を解きたくなってきたなあ」

田島はにたにたしながら言った。

「かわいい子だからかよ」

「だって、ほんとにかわいいんだぞ。早苗よりかわいい。お前も見たらそう思うよ」

「そんなこと思うわけがない」

夏之助は断固として言った。早苗のかわいさはそういうのとは違う。比べられるものではない。

四

道場の帰りに夏之助と田島松太郎は、お稲荷さんに立ち寄った。石の団子はまだそのままになっている。

「たしかに石の団子だな」

田島はそれを摑んで言った。風で葉っぱがどこかに飛んでいった。

「お稲荷さんて、中はどうなってるんだろうな」

夏之助が言った。祠の中なんて見たことがないし、開けたりするとバチが当たるかもしれない。だが、お守りも見てはいけないと言われたのに、中を開けたことがある。小さな木の札が入っていただけで、とくにバチらしい災難にも遭わなかった。

それでも祠の戸は開けたりせず、隙間から中をのぞくだけにした。

暗くて、よく見えない。

「中でなんか笑ったりしてない？」

田島がからかうように訊いた。

「気味悪いこと言うなよ」

「目が合ったりしたら嫌だよな」

「それは嫌だよ。何がいたら、いちばん怖いかな？」

夏之助はそう言って、自分でも想像してみた。

「狐《きつね》がいても当たり前だしな」

田島が言った。

「でも、本物がいたら、やっぱり驚くよ」

「生首があったら？」

「酒井《さかい》さまの邸内にある将門塚《まさかどづか》には、生首があるんじゃないの？」

「うわぁ、嫌だな」

田島はどこか楽しそうに顔をしかめた。

「お前が見た女の子が、小さくなって入っていたら？」

「怖いよ。お前の死んだおふくろがいたら？」

「おいらのおふくろ死んでないよ」

くだらない話でふざけた。早苗と会わなくなると、こんなふうにして毎日を過ごすようになるのかもしれない。

「あれがご神体かな。なんか毛みたいなものが見えるぜ」

目が慣れて、ぼんやり見えてきた。

「どれどれ？　ほんとだ。狐の毛だ」

小指の先くらいの毛を束にして、糸で縛ってある。

「やっぱりお稲荷さまって狐なんだ」

感心したら、

「お、信心かい？」

と、後ろから声がかかった。

四十くらいの大人が立っていた。怒られるのかと思ったが、やさしそうな顔をしている。

「あ、いや。ちょっとこのお稲荷さんのことを知りたいと思っただけです」

夏之助は慌てて首を横に振った。

「ご神体なんか見ないほうがいいぞ」

「そうなんですか？」

この人は町《ちょう》役人らしい。町役人などはかなりのお爺さんが多いが、この人はわりと若い。

「ああ、たいがいがっかりするんだ」

「これは狐の毛みたいですね」

夏之助は祠の中を指差して言った。

「狐の毛？　どぉれ？　あ、ほんとだ。へえ、町役人ともあろう者が、町内のお稲荷さんのご神体を知らなかったよ」

「そうなんですか」

「だいたいがこの神社は新しいからな」

「昔からあるものじゃないんですか」

「違うよ。これは、甲州堂《こうしゅうどう》っていう通り二丁目の筆屋さんが、そこに手代や職人が住む長屋をつくったとき、どこかから勧請《かんじょう》したんだよ。五年ほど前かな。でも、その甲州堂さんは半月ほど前につぶれてしまったのさ」

「つぶれたんですか」

半月ほど前というと、ちょうど団子が供えられ出したころではないか。

「お稲荷さんの力及ばずだったのかな」

「はあ」

「まさか、はぐれ稲荷ってことはないよな」

町役人はふいに不安げな顔をして言った。

「はぐれ稲荷ってなんですか？」

やけに不気味な神さまではないか。夏之助は恐々といった調子で訊いた。

「ほかの生きものが狐になりすまして、ちゃっかりお稲荷さまのふりをしているんだよ。この神さまは、いくら拝んでも無駄だし、かえってろくでもないことが起きたりするのさ」

「へえ、いろんな神さまがいるものですね」

「いるよ」

「でも、それって、神さまというより、ただの化け物なんじゃないですか？」

「あ、そうかな……」

町役人は考え込んだ。夏之助は軽い思いつきで言ったのだが、意外に難問らしい。

「ま、どっちでもいいんですけど」

あまり考え込まれても困る。

「そうだよな。ま、なんかわかったら、番屋まで報せておくれ」

「はい」

町役人がいなくなるとすぐ、

「ねえ、あんたたち」

と、長屋からお婆さんが出てきた。あの、あぶらげを持っていくという人である。

「なんですか？」

「あんたたち、なに調べているんだか知らないけど、余計なこと言い触らしちゃ困るよ」

「え？」

「これはちゃんとしたお稲荷さんだってことにしといてもらわないと困るんだから。わかったね。余計なことすると、バチ当たるよ」

脅かすようにして、また長屋に入って行った。

「どういう意味？」

田島が訊いた。

「さっぱり」

夏之助にもわからない。

ふと、上から下に、目の前を白いものが通り過ぎた。

「あれ？」

見上げると、雪が落ちてきていた。空は濁ったみたいになって、ずいぶん低い位置にある。

「どおりで寒いはずだ。雪が降ってきたよ」

大粒の雪で積もりそうである。

「おいら、家にもどるよ。じゃあな」

田島松太郎は駆けて行った。

夏之助は家にはもどらず、剣道の防具や竹刀を抱えたまま、通り二丁目の甲州堂を見に行くことにした。ここからはそう遠くない。

——おいらは、この寒い中をなにをしているのだろう。

たかがお稲荷さんの小さな謎。しかも自分たちと同じくらいの娘が団子のお供えをしてるのが、いったいなんだというのだろう。

一人でこんなことをしているのが、みじめな気分になってきた。

それにしても、はぐれ稲荷なんてものがあるのは知らなかった。「はぐれ」という言葉が胸のどこかに引っかかった。

——もしかしたら、おいらははぐれ人間なのかもしれない。

学問所の成績もぱっとせず、道場でも剣の腕の上達は遅く、早苗とも喧嘩したあと、仲直りはできず、こうやってはぐれていくのかもしれない。だが、そういう人生が自分にふさわしい気もする。

雪は降りつづいている。

甲州堂の前に来た。

ほかの店はまだ開いているのに、この店はのれんがはずされ、戸閉まりがされ、ひっそりとしている。看板はまだ上に掲げられているが、雪のせいもあるのかひどく寒々としている。

こんな大きな店がつぶれると、家族だけでなく、手代や職人も大勢、路頭に迷うのではないか。

あのお祈りはそんなことにもつながっているのかもしれないと、夏之助は思った。

あたりはずいぶん暗くなった。

寒くてたまらず、夏之助は家にもどることにした。

通り二丁目からだと楓川《もみじ》は新場橋《しんばばし》を渡ることになる。

その橋の上に、三人の男たちがいた。一人が八丁堀側のたもとから、あと二人はこちらの本材木町《ほんざいもくちょう》側のたもとから歩いて、真ん中で立ち止まり、じっさいには抜かなかったが、刀を抜くような真似をした。それがひどく真剣で、物騒な気配がした。

——まるで、これからやる闇討ちの稽古でもしているみたいだ。

夏之助はそう思った。

わきを通ると、話し声が聞こえた。

「以前はかなり遣《つか》えたらしいな」

「腕は立つのか?」

「なに、どうってことはない」

雪が降っているのに、傘を差そうともしない。

三人はもう一度、さっきと同じ動きをしている。

この動きは、付き添っている二人を牽制《けんせい》して、すばやく一人を斬り、すぐさま逃げるというものに見える。

——あの橋のところで誰かを斬るつもりなんだ。

八丁堀の人たちは、勤めている奉行所が北か南かで、あるいは自分の役宅の場所によって渡る橋が違う。好みも加わる。

早苗の父の柳瀬宋右衛門は、たしかいつもあの橋を通って帰って来る。

「ここを通る人は少ないんだけど、父上はあの橋からの景色がきれいだから、いつも新場橋を渡るんだよ」

早苗はそう言っていた。新場橋の八丁堀側は大名屋敷になっていて、このあたりはなんとなく落ち着きがある佇《たたず》まいなのだ。いまも寒いことを抜きにすれば、雪景色の新場橋はまるで絵のように美しい。

しかも、柳瀬宋右衛門は奉行所との行き帰りのとき、いつも中間《ちゅうげん》と小者《こもの》を一人ずつ連れている。

──あいつら、柳瀬さまを狙っているんだ！

夏之助は走り出した。

雪はうっすら積もりはじめているが、まだ足を取られるほどではない。

抱えた防具が背中に当たって痛い。息が切れ、冷たい空気のために喉の奥も痛い。

途中、焼き芋屋とぶつかりそうになって、

「おじさん、ごめんなさい！」

叫びながら、そのまま走った。

柳瀬家に駆け込んだ。

「洋二郎さんはいますか。大変です」

「どうした？」

出てきたのは、若葉の婿である右京だった。もう柳瀬右京なのか、それとも丹波右京なのか。夏之助はそのあたりのことはわからない。

「柳瀬さまが、待ち伏せに、新場橋で、三人が！」

寒さで口がうまく回らないうえに、慌てているのでうまく話せない。

「なにを言っている」

「洋二郎さんは？」

夏之助が叫ぶと、

「騒ぐな」

右京は怒鳴った。

「夏之助さん！」

奥から早苗が飛び出してきた。ひさしぶりだが、懐かしく思う暇もない。

「洋二郎さんは？」

「いるよ。叔父さん！」

やっと洋二郎が出て来た。

「どうした、夏之助？」

「柳瀬さまが狙われています！」

「なに」

洋二郎はすぐに刀を差し、雪駄《せった》を履いた。

「洋二郎さん、こんな子どもの言うことを」

右京は止める気配だったが、

「夏之助、どこだ?」

「新場橋のたもとです」

全力で走り出した。

雪の中を洋二郎が駆け、夏之助も遅れずに追った。柳瀬家まで行くあいだで身体が暖まり、いま寒さはそれほどでもない。

「三人の男が人を斬る稽古をしていたんです。三人連れのうち先頭の男を斬ろうとしていました。柳瀬さまはいつもあの橋を渡りますよね」

「ああ、そうだな」

大名屋敷のあいだを抜けると、新場橋が見えた。

すでに暗い。橋のたもとの常夜灯のぼんやりした明かりがあるだけである。

橋の両方のたもとに、提灯《ちょうちん》も傘も持たずに、浪人者らしき男たちがいた。

「あいつらか」

「そうです」

向こうから提灯が三つ、三人連れの男たちがやって来た。柳瀬宋右衛門の一行である。

「洋二郎さん」

「ああ。夏之助、お前はここにいろよ」

そう言い置いて、

「兄貴！　こっちへ来ては駄目だ！」

向こう岸に向かって叫んだ。

「どうした、洋二郎？」

「そこにいてくれ。いま、そっちに行く」

洋二郎の言葉に浪人者たちが動揺するのがわかった。

迫って来た洋二郎を見て、浪人者たちが抜刀した。三人とも柳瀬宋右衛門に向かっていく。

「兄貴。気をつけろ。襲撃だ！」

柳瀬宋右衛門が居合いの構えを取り、中間と小者が持っていた六尺棒を前に突き出した。

「こらぁ」

「どけい」

浪人者たちが喚《わめ》いて、刀を振り回した。

後ろから近づいた洋二郎が、

「たあっ」

抜き打ちに一人を斬った。

むやみに振り回す刀で、中間がどこかを斬られたらしく、いきなり崩れ落ちた。

柳瀬を狙った刀は、何度も受けられ、斬り込めずにいる。

中間を斬った男は、後ろから迫った洋二郎と戦わざるを得ない。

「おい、どうした？」

近くの辻番《つじばん》からも突く棒を持った番人が駆けて来た。

「曲者です。曲者！」

夏之助が浪人者を指差しながら叫んだ。

「くそっ。引き上げるぞ」

柳瀬宋右衛門に斬りかかっていた男は、ふいに横に逸《そ》れると、いっきに走り出した。慌ててもう一人もあとを追うが、

「逃がすか」

洋二郎があとを追い、飛び込むように身を投げながら刀を横に払い、走っていた男の足を斬った。

「うわっ」

膝の裏を斬られた男はふいに足が動かなくなったらしく、横に倒れた。

「よし。こいつから話を聞けるぞ」

洋二郎が言った。


柳瀬家の長女の若葉は、不安に怯えていた。

すでに父の宋右衛門も、叔父の洋二郎も、奉行所からもどっていて、眠りについている。襲ってきた三人のうち、一人は死に、一人は逃亡してしまったが、もう一人は怪我をしただけで、いまは奉行所の牢に押し込められているとのことだった。

隣の夏之助が息せき切って報せに飛び込んで来たとき、若葉は台所で晩ご飯のおかずをつくっているところだった。

そこへ父が襲われると聞き、慌てたあまりに鍋をひっくり返してしまった。

洋二郎が夏之助といっしょに飛び出して行き、残っていた右京に、

「右京さまも見て来てちょうだい」

と、若葉は懇願した。

わきでは、出て行こうとする妹の早苗を、「いけません。ここで待っていなさ

い」と母が抱きしめるようにして止めていた。

「夏之助の勘違いではないのか？」

右京は落ち着いていた。

「でも、あの子は勘がいいの。お願い」

「わかったよ。確かめて来よう」

右京もあとを追って行った。

それからまもなく、右京は一人でもどって来て、父は無事であること、捕まえた一人の取り調べのため、いったん奉行所に引き返したこと、夏之助は三人の顔を見ているので、それに同行したことなどを告げた。

家族は皆、ホッと胸を撫で下ろしたが、若葉は立っているのもやっとで、食欲もすっかり無くなっていた。

「はぁーっ」

布団の中でため息をついた。

すると、寝ていると思っていた右京がこっちを向き、

「眠れないのか？」

と、訊いた。

「はい。動転してしまい、まだ胸がどきどきしています」

「八丁堀の与力の娘らしくないな」

「でも、父上が襲われたなんて初めてのことですよ」

「そんなことはあるまい。与力もつねに事件の現場に出向く。そこではおそらく危険な目にも遭っている。娘たちになにも言わないだけさ。うちの父もそうだった。母には奉行所のことなど何一つ語らない」

「まあ」

「男の仕事はそういうものだ」

「右京さまも？」

「わたしもそうするだろうな」

若葉はむしろなんでも話して欲しかった。むろん仕事の手助けはできないが、それでもつらさを分かち合いたかった。

だが、右京は頼んでもそれはしてくれない気がした。夫婦になってまだわずかな期間だが、右京が若いのに頑固であることは感じていた。

「もし、夏之助の報せがなく、父が斬られるようなことがあったら、右京さまが父のあとを継ぐことになったのでしょう？」

「そうなるのかな。そんなことは考えもしなかったけどな」

「そうしたら、ついこのあいだまでの家はすっかり面変わりしてしまうのですね」

「ああ」

「なんともろいものなのでしょう、家というのは」

「そうだな。いいから、若葉はもう寝ろ」

右京は面倒臭そうに言った。

「一つだけ。紅葉はどうなるのでしょう？」

「紅葉は派手好きだ。武家の嫁は合わない。それよりはどこか大店に嫁に入って、贅沢に暮らしたほうがいい。わたしの父に頼めば、越前屋でもどこでも、いい嫁入り先を探してくれるぞ」

「越前屋って室町の？」

「そう。父はあそこのあるじとも懇意にしている。あまり好きではないようだが、越前屋に嫁に入れば、女は幸せだろう」

南町奉行所の筆頭与力である丹波美濃助は、たいへん顔が広いとは聞いていたが、聞きしに勝るようだった。

「早苗はどうなります？」

「早苗は早く嫁にやったほうがいい。あれは十四のくせにませているからな。隣の夏之助あたりとくっついて恥をさらすより、南の与力に父がかわいがっている若い者がいる。それと早めに妻《めあわ》わせるといいのだ」

「でも、早苗がいなくなるなんて、寂しくなります」

早苗は近ごろ若葉に対していろいろ不満があるらしい。だが、若葉は早苗のことがずっと可愛くてたまらないのだ。

「そのうちわしらにも子ができる。寂しいなんてことはない」

「ああ、そうですね」

「もう寝ろ」

「はい」

右京の物言いはつっけんどんなところがある。逆にそれが頼もしくも感じる。いまがそうだった。

若葉にようやく眠気が訪れてきた。

五

雪は翌日の朝まで降りつづいた。

今朝の空は真っ青に晴れ上がり、地上の白と空の青とが目を瞠るほど美しかった。しかも、気温はどんどん上がり、一尺ほど積もった雪は早くも融《と》けはじめていた。

夏之助は、こんな日でも藁沓《わらうず》を履いて学問所に行き、夕方まで追加の試験を受けてきた。なんと六つの講義が、本来なら落第の評価ということだった。

「これはお情けなんだからな」

出てくる先生たち皆に言われた。

「しっかり学ぶんだ。そうすりゃ、お上も世の中も、悪いようにはしないもんだ」

そんなことも言われた。

六人目の先生のお情けをもらったころには、すっかりみじめな気持ちになっていた。

家にもどって晩ご飯を済ませ、部屋でうとうとしていると、庭の向こうで猫のたまが鳴いていた。

夏之助は一つ大きく息を吸い、頬が嬉しさで崩れそうになるのを我慢して、そっと庭の隅に向かった。

塀のそばにしゃがみ込み、

「たまか？」

と、訊いた。たまなら訊いたって返事などするわけがない。

「違うよ」

懐かしい声がした。少しかすれた声。

提灯を持ってきていて、明かりが塀の下にすっと近づくのがわかった。

「昨夜はありがとう。昼間、お礼を言いに行ったけど、夏之助さんはずっと学問所だって言われたよ」

「ああ。追加の試験を六つも受けさせられたんだ」

「お疲れ」

「いや、平気さ」

「代助《だいすけ》も命は取り留められそうだって」

代助というのは奉行所の中間で、肩をずいぶん深く斬られたのだった。

「よかった」

「皆、夏之助さんのおかげだって言ってるよ」

「そんなこともないけど」

戦ったのは柳瀬宋右衛門と洋二郎だけである。夏之助は橋のたもとで叫んだだけだった。それでも、昼間、柳瀬家からはたいそうなお礼が届けられていたらしい。

少し話が途切れた。ひさしぶりでなんか妙な感じである。しかも、あいだに塀があり、顔も見えていない。

暖かい夜である。昼間のうちに雪はだいぶ融け、まだ残った雪が融けつづけているらしく、あちこちでぴちゃぴちゃと雫《しずく》の音がする。

「なんか、面白いことあった?」

「面白いこと?」

早苗が訊いた。

「お稲荷さんに団子がお供えしてあったんだって?」

「ああ、それな」

洋二郎から聞いたのだろう。やっぱり早苗は興味を持ってくれていた。

「教えて」

「うん」

いままでわかったことを早苗に話した。だが、早苗のように、上手に手順よくは話せない。なんども行ったり来たりした。それでも早苗は、「へえ」とか、「うん、うん」とうなずくような返事をしながら、最後まで夏之助の話を聞いてくれた。一通り話し終えて、

「田島に訊かれた女の子が嘘《うそ》を言ったのかな」

と、夏之助は言った。

「どうして？」

「だって、おいらはちゃんと団子を見たんだから」

「だから、その子は団子を供えたんじゃなくて、葉っぱを供えたんじゃないの？」

「葉っぱ？」

「そう。上に載せたのは、葉っぱが飛ばないようにするだけで、石でもよかったんだよ」

「葉っぱなんて供えて、どうするんだよ？」

「あ」

早苗が小さく叫んだ。

「なんだよ」

「その祠、狐の石像とかある？」

「いや、ないよ」

「それって、ほんとにお稲荷さま？」

「はぐれ稲荷っていう贋物《にせもの》だって言うのか？」

「はぐれ稲荷？」

「そういう贋物がいるんだって。拝んでもなんのご利益《りやく》もないらしいよ。町役人は贋の神さまみたいな言い方をしたけど、ただの化け物だよね」

「面白いね。でも、そんなんじゃない。もしかして、それはお狸《たぬき》さまを祀《まつ》った神社なんじゃないの？」

「狸？　狸が狐のふりをしてるのか？」

「ふりしてるんじゃないよ。狸そのものを祀っているの」

「そんなもの、あるの？」

思ってもみなかったものが出てきた。

「柳原土手《やなぎわらどて》のところに柳森《やなぎもり》神社があるでしょ。あそこには狸の神さまがいるよ」

「狸が神さまになれるのかよ」

「なれるんだって。それで〝他を抜く〟から、競争するときなんかに拝むといいらしいよ」

「へえ」

柳森神社は、富士塚もあったりするけっこう大きな神社である。あそこなら学問所からも近い。今日、試験の前にでも拝んでおけばよかったかもしれない。

「甲州堂って、筆屋さんだったでしょ？」

「知ってたの？」

「何度か買ったこともあるよ」

「おいら、見てきたよ。ほんとにつぶれていた」

「それでその祠は甲州堂が勧請したんでしょ？」

「町役人のおじさんはそう言ってた」

「夏之助さん、筆はなんの毛でつくるか知ってる？」

「知らないよ、そんなこと」

「鹿とか、馬とか、兎《うさぎ》も使うんだけど、いちばんいいのは狸の毛なんだって」

「じゃあ、祠の中の毛は？」

「狸の毛」

「狐の毛は筆には？」

「使わないみたいよ」

「だからといって、なんで狸の神さまに葉っぱを……あ」

夏之助の脳裡《のうり》に閃《ひらめ》いたものがある。

「なんか感じるでしょ？」

「狸って化けるとき、頭に葉っぱを載せるよな」

たぶん子どものときに読んだお伽草子《とぎぞうし》あたりに載っていたのではないか。

「そう。わたしもそれを思い出したんだよ」

「でも、あぶらげあげてる人もいるんだぜ。隣の婆ちゃんなんか、それを捕っては味噌汁の具にしてるんだから」

「だから、皆も知らないんでしょ。お稲荷さんだと思ってしまっているんだよ」

祠があればお稲荷さんだと思っても仕方がない。とにかく江戸は、「伊勢屋、稲荷に、犬の糞」と言われるくらい稲荷神社だらけなのだ。

「そうか。それであの婆ちゃん、あんなこと言ったんだ」

夏之助は、ぱんと手を叩いた。

「なに？」

「余計なこと言うなって。これはちゃんとしたお稲荷さんだってことにしておかないと困るって」

「あぶらげをお供えしなくなっちゃうって」

もなくなっちゃうからだよ。味噌汁の具がなくなっちゃうもの」

「やっぱり、そうなんだ。婆ちゃんはそれを知ってたんだ」

ずいぶんわかってきた。

早苗はやっぱり凄い。あの神社を見てもいないのに、稲荷神社ではなくてお狸さまの神社だというのを見破ってしまったのだ。

「そうか。田島が見たって女の子は、甲州堂の手代や職人が住んでいたという長屋の子なんだな」

夏之助は空を見ながら言った。

今日の夜空に雲はなかった。だが、山崎半太郎に襲われたときのように青空を感じさせたりはしない。暖かいせいで、薄く靄《もや》がかかっているのかもしれなかった。

「そうだね」

「父親が働いていた甲州堂はつぶれてしまった。それで、お狸さまの霊力で再建してもらいたいって……」

「祈っているんだろうね」

「お金があれば、もっといいものを供えたりするかもしれないけど」

「店はつぶれちゃったしね」

「そうかあ」

夏之助は、切ない気持ちがこみ上げて、胸がきゅうんとなった。大きな店がつぶれたら、たぶん路頭に迷う人が大勢出る。雪の中で甲州堂を見上げたとき、そう思ったことは当たっていたのだ。

「これで謎は解けたな」

夏之助は言った。

「でも、当たってるかどうかはわからないよね」

早苗が言った。

「田島に訊いてもらおうか？　田島がその女の子のことをすごくかわいい、かわいいってうるさいから」

「夏之助さんもそう思ったの？」

「いや、おいらは会ってないから」

「ふうん」

「やっぱり確かめなくてもいいや。ほんとにそうだったら、なんかお祈りの邪魔するみたいだから、もうあのお供えのことは忘れるよ」

「うん。夏之助さんの好きにしていいよ」

だが、早苗が推測したことは、ぜったい当たっていると思う。

万が一、違っていてもかまわない。こんなふうに一つの謎を、早苗といっしょに
ああでもないこうでもないと、探っていくのが楽しいのだ。

「そう言えば、杉森稲荷の縁日の皿」

夏之助は思い出した。喧嘩の原因になった皿である。

「あれはもういいよ」

「うん。でも、あの皿は割れたけど、ほかの十枚をもらったんだよ」

「買っていった女の人から？」

「そう」

「あ、夏之助さん、謎、解いたんだね。凄いねえ」

「こっちよりもずっと簡単だったよ」

「そんなこと、ないと思うよ」

「明日やるよ」

明るいところであげたい。いま、塀の下からあげても、顔を見られない。

「うん」

「ぜんぶ、やる」

「そんなに？」

「おいらは割れたやつをもらう。いい記念だからな」

「割れたのは使えないよ。そんなこと言わずに、半分ずつにしようよ」

「わかった」

「でも、夏之助さんにはいいことあったんだね。わたしなんか、ひどいよ。朝ご飯もあんまり楽しくなくなってきちゃったし」

「おいらもだよ。江藤は八丁堀に帰って来て、ますます嫌なやつになってるし」

「あ、わたしも見かけたよ」

「牛添なんか、すっかり江藤たちの子分になってるんだぞ」

「そうなの」

「それに、なんだかいろんなところで、いろんな人から言われている気がする。子分になれ。悪いようにはしないからって」

「いろんなところ？」

「うん。学問所とか、道場とか、家でも」

「子分にねえ」

「言ってる意味、わかるか?」

「なんとなくね」

早苗はわかってくれているのだろうか。重っ苦しい将来。あまり好きではない、八丁堀という町にからめとられていくような不安。

ただ、早苗は夏之助が言うことをちゃんと聞いてくれる。それだけでも、ほかの連中とは大違いだった。

「おいらは誰の子分にもなりたくないよ。誰も子分になんかしたくないし。でも、そういうやつは、どうやって生きていったらいいんだろう?」

ほんとにどうやって生きていけばいいのだろう。

来年は元服の式をさせられる。武者修行には行けるのだろうか。

「それはたぶん、二人で生きていくんだよ」

「え?」

「二人で助け合って生きていくんだよ」

塀の向こうで早苗はそう言った。温かい声だった。

そのうちごそごそと音がして、塀の下から手が出てきた。右手だけで、手のひらが下になっていた。夜目にも白く、小さな手だった。

「握って」

早苗が言った。

「手を？」

「うん。ぎゅって」

「ぎゅってかよ」

夏之助は早苗の右手を握った。最初はそぉっと、それからぎゅっと……。

×　　×　　×

わたしはいまも、あのときの手の感触をはっきりと覚えている。

師走にしてはやけに暖かった夜。あたりに満ちていた雪融けの音。板塀に身体を寄せ、うずくまっていたわたし。

手は不思議な生きものの赤子のように、ふわふわと動いた。

唇をつけてみたかったが、それをするには地面に這《は》いつくばらないとできない。

雪は融けても地面はまだ湿っていた。

それから、手ではなく、早苗の身体を抱きしめたいという衝動が湧き上がってきた。だが、もしもそれをしてしまうと、さらに強い欲望が膨《ふく》れ上がっていく予感もあった。春画《しゅんが》の光景もちらちらした。

――駄目だ、そんなことをしては。

それを想像する甘美さのなかには、同時に大人になることへの畏《おそ》れも混じっていたのである。

雪融《ゆきど》けの夜《よる》　八丁堀育《はっちょうぼりそだ》ち　3　朝日文庫

2013年3月30日　第1刷発行

著　者　風野真知雄《かぜのまちお》

発行者　市川裕一
発行所　朝日新聞出版
〒104-8011　東京都中央区築地5-3-2
電話　03-5541-8832（編集）
03-5540-7793（販売）
印刷製本　大日本印刷株式会社

ISBN978-4-02-264699-6

朝日文庫

風野　真知雄
八丁堀育ち
同心の息子で臆病な夏之助と、与力の娘でしっかり者の早苗。幼馴染みの二人は江戸の謎を追うが、いつしか斬殺事件の真相に近づいてしまい……。

風野　真知男
初恋の剣
八丁堀育ち2
古本に挟まっていた、かどわかしの脅迫状。事の真相を追う夏之助と早苗だが、やがて八丁堀を揺るがす大事件に巻き込まれ……。シリーズ第二弾！

風野　真知雄
猫見酒
大江戸落語百景
猫見酒と称して、徳利片手に猫を追う呑ン兵衛四人組。やがて、猫が花魁に見えてきた馬次は所帯を持つと言い出し……。待望の新シリーズ第一弾。

風野　真知雄
痩せ神さま
大江戸落語百景2
太った体に悩む幼なじみのお竹とお松は、拝むだけで必ず痩せると評判のお札を手に入れ、毎日、必死に手を合わせるが……。シリーズ第二弾！

牧　秀彦
お助け奉公
深川船番心意気〈一〉
交通の要所として通行船を見張る船番所。忠義一徹の剣士・軍平や美男の侍・静馬ら船番衆たちの活躍と、江戸の商業の活況を描いた痛快人情時代劇。

牧　秀彦
出女《でおんな》に御用心
深川船番心意気〈二〉
女が江戸外に出る出女は御法度だが、船番所に女人の漕ぐ船が現れた。この女の目的は？　船番衆が大活躍、書き下ろし時代劇シリーズ第二弾。